HANDJOB
QUEEN

HANDJOB
QUEEN

手槍女王

HANDJOB QUEEN

涼圓 著

Sex 039

手槍女王

一個從業職人的真情告白

HANDJOB QUEEN

作者：涼圓
插畫：水晶孔 Crystal Kung
主編：洪雅雯
企劃編輯：張凱萁
校對：金文蕙
美術設計：楊啟巽工作室
內頁排版：邱美春
行銷企劃：李蕭弘
總編輯：黃健和
出版：大辣出版股份有限公司
台北市105022南京東路四段25號12樓
www.dalapub.com
Tel：（02）2718-2698 Fax（02）8712-3897
service@dalapub.com
發行：大塊文化出版股份有限公司
台北市105022南京東路四段25號11樓
www.locuspublishing.com
Tel：（02）8712-3898 Fax（02）8712-3897
讀者服務專線：0800-006689
郵撥帳號：18955675
戶名：大塊文化出版股份有限公司
locus@locuspublishing.com
法律顧問：董安丹律師、顧慕堯律師
台灣地區總經銷：大和書報圖書股份有限公司
地址：242新北市新莊區五工五路2號
Tel: (02)8990-2588 Fax: (02)2290-1658
製版：瑞豐實業股份有限公司
初版一刷：2021年7月
定價：新台幣450元
ISBN：978-986-06478-2-2

HANDJOB
QUEEN

推薦序

「我的人生很無聊，只是打了一萬隻雞雞！」——讓涼圓也可以發聲

文—林立青（《做工的人》作者）

近幾年來，台灣的書市出現一波職人書寫，多半是來自於作家的親身經歷，寫下自己的工作職場變化，人際應對和各行各業之中的「潛規則」。既打開了視野，也能夠看到以往不為人知的文化，諸如大師兄、盧拉拉、王國春、姜泰宇、一線三、條子鴿等，過去鮮少人可以搞得清楚的「內部」和「心聲」都隨著出版的問事帶來了改變。

因為是自己的故事，說起來時主觀感情很重，很能夠感動讀者，進而同理，在讀完以後，眼界變得開闊。這些作者的出現帶來了一股各行各業的親自現身說故事，比記者蹲得更久，比學者懂得更深。

這股風潮終於等到了涼圓的出現，涼圓的身分特別，她既是性工作者，又不是過去傳統形象中的為錢下海或者拜金，涼圓給了台灣社會一個當代性工作者的故事和生命經驗，她不是因為家裡欠債而下海，也不是因為拜金而淪落風塵，而是「打手槍是我那時候能選的最好工作」。這種誠實的說法可能顛覆許多人的想像，也打破傳統男性文人對於女性的幻想，加上她生動地描述及獨有的，對於性事的觀察，甩開了過去媒體的伺機窺探，學者的反思再反思角度，而是光明正大地直接說出來，大小啦、快慢啦、長短啦，什麼的信手拈來就是一篇又一篇的分析觀察，夾帶著極強大的現實感，例如多少錢、划不划算、時間要花多少、奧客風險如何。

這些是過去很難見到參與其中的人願意站出來現身說法的，台灣的社會對於性好奇卻又不肯承認，想要理解卻又被怕他人指指點點，尤其在女性身上，好像預設了各種假想的人物：要遮遮掩掩、躲躲藏藏地絕口不提這段「賣身」經歷，彷彿說出來以後，這個人就被刻上印痕，再也不能被當作正常的女人看待，會是「髒」的。

所以有大量的文字詩歌戲劇，都是用男性角度去看，編造一些故事，吸引同情。女性是被寫、被欣賞、被當作有價值的，萬不得已才要踏入，身世堪憐，遭逢變故，不然就是拜金以後要被當作是下場悽慘，只能等待人老珠黃。

談到這個話題時，我想到的是「那運動員呢？哪個運動員不是滿足人對於體能的需求和想像突破？哪個運動員又可以到年老還保持巔峰體力？」為什麼對於從事性工作的人做出這樣的選擇，我們卻感到害怕而非欣賞？

好在我們有涼圓，那是一個真人，在台灣長大，有屬於台灣的經驗和人生，同樣喜愛動漫、閒聊八卦。她說的故事無從辨別真假因為獨一無二，她的文字直接告訴你當代職場充滿歧視，所有的待遇都不好，打手槍雖然被歧視，但至少是個「誠實的工作」，銀貨兩訖，提供台灣男人最需要、最原始的生理需求服務。

只是這樣的做法也讓她後來被歧視，從同事主管，到後來自己身邊的朋友，多少人都對於性工作者有所迴避與排斥，這讓她謹記在心，卻也讓她想著有朝一日，應該把這些故事記錄下來。

或許是看得多了以後，她擁有了獨特的抗壓力和幽默，能夠將性的痛點赤裸裸地翻出來嘲弄，她說起話來和文字一樣靈動活現，每次幾個朋友出來聚餐時，她總能立刻侃侃而談。大方豪爽地分享瘦身、手術和各種生活中的瑣事，她上Podcast能逗得大家笑出來，上節目也總是人氣高漲、票房保證。她能夠直接點名男人的惡習，會拉著女生告訴她們如何應對各種奇怪的男人嘴臉，自我介紹時，說「我的人生很無聊，只是打了一萬隻雞雞」一句話讓所有男人瞬間句點，無話可說。

這本書寫的故事正是一個活生生的人，她自認為自己是手工業者，踏實認分地打著一隻一隻的雞雞，賺取她的「手工費」，有需求才有存在，她解決男人們的需求後，誠實地告訴你這是她的選擇，她有這樣一段的人生，她打著一隻一隻的手槍來養活自己。

我會推薦這本書給所有對於性工作有興趣的人，看看裡面的職場，同事和客人之間的互動、較勁，並且記下這些潛規則。

那是從未有人公開出現說明的世界，也是另一個台灣。

目錄 Contents

前言

#01 家變

我深深地吸氣，直到肺部傳來些許脹痛才用力呼出，算是做好了心理建設。

涼圓，妳可以的。

我接了那通註名「冤親債主」的來電。

「喂！女兒啊！妳為什麼要封鎖我？妳知不知道我之前躺在醫院氣喘發作到快死了，別說照顧我，妳連醫藥費都不給，我有多難過？自從妳爸一走了之後我辛辛苦苦拉拔妳們長大，到底為了什麼，妳們簡直跟妳爸一樣沒有用……」

哪家醫院這麼神，天生的嚴重氣喘，醫到罵這麼長一串都能不帶換氣的？

「……因為妳開口就沒好事。」我揉揉抽痛的太陽穴，聲音低了幾度但還算平穩。

「妳只會跟我要錢、只會說爸的不是，妳太負面，我不想跟妳說話。那個人已經離開十幾年了，我最近也要換工作，沒錢給妳。」

「我哪有只會講壞的！我是妳老娘，妳給我注意自己的態度。」

「好啊，那妳跟我說說妳現在有什麼好事要跟我分享？」

「我跟妳說，妳看妳最近有沒有空，跟我去桃園，那裡有一間求桃花的廟聽說很靈。拜完了我再帶妳去跟我朋友相親，他才五十幾歲，在嘉義有開一家機車行，沒有結過婚——」

「所以妳說的好事就是想把我賣掉？」

「我哪有要把妳賣掉！」

我笑了，聲音沒有拔高，但除了音量以外一切都脫離了控制。

「媽，妳現在條件也放太寬了吧，辛辛苦苦、用幾年的卡債養大的女兒，就這麼送給一個黑手鄉下老頭？前幾年不還是在台北有套房子、四十多歲的公務員啦、藥劑師嗎？怎麼，我長得也不差，好歹也有大學畢業，在妳眼裡就值這麼點？哦～我明白了，多個女婿給妳的孝親費比女兒一個人給得多，早領早有賺對吧？」

「妳不要忘了妳大學畢業後的電信帳單七千多，那是我暗地裡偷偷給妳繳清的，妳這不孝女竟敢這樣對我說話！」

「……呵，那還真是謝了，妳不說我都忘了。我會有這麼貴的帳單，好像是為了申請新手機轉賣變現才簽的合約，沒辦法，一畢業就沒有貸款可以申請了嘛！」

「……」

回應我的，只有長長的沉默。我媽早不知幾時就把通話給切斷了。

＊＊＊

不知道大家有沒有玩過樹狀心理測驗圖？

我覺得人的一生就像樹狀心理測驗一樣，你這一生中每個面臨選擇的轉捩點，會依據你的選擇往不同的方向發展，至於最後的結果是好的還是壞的，全憑你當時做下的選擇。

我的父母都是玩樹狀心理測驗的個中高手。

我爸最厲害的地方是，不管結果是什麼導向，至少我沒聽過他一句後悔。

而我媽最猛的地方就是，她可以在那麼多曾經出現在人生的轉捩點中，選到最能夠打爛她一手好牌的那個。

人生樹狀圖的最後，我媽住在一個乏人問津的偏僻鄉下，沒有一個孩子會去看她、過問她；也許身體不好、也許經濟有困難，但是沒有人想去關心了，包括我。

為了不被告棄養，我就當作是為了還高中之前的養育之恩，每個月匯個幾千給她。

從那個時候我就隱約的知道，我總有一天會為錢下海。

我努力地嘗試過了，所謂的正途。

我打過各種黑工，在時薪從來不到法定下限的工作裡面連上三十六小時，從十六歲後，我與家人再也沒有團圓過。我有想過申辦一些社會福利，但是當時因為戶籍問題連身分證都沒有，監護人又不聞不問，別說爭取什麼福利，我能上學都是個奇蹟。

我每年都在想盡辦法賺錢繳我下學期的學費，知道自己絕不能輟學。一旦擺脫了學生身分，我就再也不會回學校了。不是可惜那張無甚大用、還擋著我發財的學歷，只是當時連學費都是靠同學師長東拼西湊給我繳的，如果我放棄，那些支持我的人苦心就通通白費了。

＊＊＊

在我十八歲時，第一次踏進八大行業。

那是台中的某間理容ＫＴＶ，做陪酒小姐。我當時滿胖的，做得並不好，也常遇到很粗魯的客人，不管是被當眾灌酒、抓胸還是被三個客人壓著騎在身上，我都只能咬著牙忍下來。

我永遠都記得自己當時握著公司發的一千多塊時，心裡有多高興。

我從來沒有怪罪那個丟下我們一家，一句「就算妳們全家死光我也不會回來」就跑去大陸和細姨共組家庭，再也沒有出現在我眼前的父親；也沒有怪罪那個用卡債養小孩，從不願意自己出去工作和面對社會，稱病在家，最後直接拋棄了我，連戶籍都沒幫我辦的母親。

更加不會怪罪那和我同病相憐的姊姊和弟弟，別說幫襯，大家別餓死就是好的了，不然還連累我們得幫忙出錢收屍。

我從黑戶開始，慢慢地靠自己的力量，一點一滴的，完成學業、辦理身分證，還完學貸、負債、租個棲身之所。我所擁有的一切，包括我的志向、存款，哪個不是我打手槍一點一滴得來的？

其實我很感謝，不得不說，做半套店的這幾年，是我最快樂的日子。光是不再為錢煩惱就天差地別了，如果我一直一貧如洗，我不認為我還能堅強。

貧窮會消磨一個人的志向，什麼氣質啦、目標啦、展望啦，那些在吃飽飯面前，都是虛的。

不當小姐，我也能活著。但是當了小姐，我才活得像個人。

我接受我的命運，我願意吃別人的剩菜剩飯、做最髒的工作，甚至不惜進八大行業做個小姐，扛起沒有家人陪伴和支撐的命運。

我繳給冤親債主的孝親錢維持在最低限度，只要她用各種方式跟我多要一塊錢，就會被我回覆各種嘲弄諷刺。

我對待其他家人的態度也很冷淡，甚至常常一言不合就爆發激烈爭吵。他們要的，是以血緣的名義，讓我給他們更多實質的付出。

曾經的同事們中，真的有這樣的女人，她們美麗聰明、心性堅強、三觀正常、生財有道，無不良嗜好。可是她們養著一群如附骨之蛆的「家人」。

還有一句：「家人之間互相幫忙是天經地義，不要以為妳賺點髒錢有多了不起，爛梨子還在那裝蘋果。」

我媽在得知我的行業時，她說：「那妳做這個怎麼會沒錢給我？妳不要被妳那些同事給騙錢了，妳那個骯髒圈子能有什麼好人，妳不要信她們那些外人，保險受益人的名字要寫我，知道嗎？」

我姊在得知我再也受不了她的刁蠻任性的時候，第一個反應是：「那妳還是會把錢匯給媽吧？我是不會再多出的，妳封鎖我沒關係，錢妳不能斷。」

「妳知道為什麼媽媽和弟都沒有再聯絡妳嗎？因為妳有點錢就囂張跋扈！賺點錢不

知道是在大聲什麼，憑什麼我們每次都要讓妳當孫子一樣教訓？本來也就只有我會同情妳，如今妳這樣我也不想再約妳吃飯了！」

「哎喲，那可真是用心良苦。其實，如果妳覺得一年吃一頓飯叫同情的話，大可以省省，我也不會差妳這頓餓死，何況妳也沒請。」

想必我在家人的心目中，是個刻薄又心胸狹窄、脾氣又差的自私鬼吧？對比那些直至我上岸了，還在苦海浮沉養家還債的女人們……別說，我還真是。

她們太佛、太聖母，我辦不到。看著她們，我常在想：「家人」是什麼呢？**因為我沒有從「家人」身上得到任何東西，所以也無法付出任何事物，包括感情與金錢。**

在學生時期常被問：「妳爸媽呢？」、「妳家人呢？」、「蛤～都沒人在照顧妳哦？」的時候，我都會有一點煩躁。

我不是過得好好的嗎？沒父母沒家人怎麼了，我是沒他們就不會呼吸、還是不會吃喝了？我都能自己生活了，幹嘛非得要誰來照顧。

我不知道別人怎麼想，我只想像普通的大學生那樣，安安靜靜地過完我的大學生涯。

#02辦身分證

那年我十七歲，坐在以前舊家轄內所屬的戶政事務所，左手握成拳，用力到直發抖，右手抓著的手機卻依然是忙音。前面那個中年凸肚的事務員，不是坐在櫃檯後，而是站在我面前，口水毫不客氣地噴在我的頭皮上。

「所以是要怪我囉？你們發函的時候我才國中啊！我是要怎麼處理！現在我來處理了你倒是幫我處理啊！」我尖聲駁道。

「欸，小姐妳搞清楚好不好？妳不處理就是妳爸媽要處理，沒有戶籍我們能怎麼處理？」另一個女職員也走了過來，插著腰對我吼道。

「我爸媽要是能處理我還來幹嘛！不可能只有我沒有戶籍吧！其他人呢？為什麼他們可以領身分證？」

「妳父親的戶籍已經移出國外了，母親的戶籍地址看起來是自己移到了娘家，妳姊姊的在當時也一起遷了。」

我不敢置信地瞪大眼睛……我媽她……只遷走了自己的戶籍？她忘記幫自己孩子遷戶？可是她明明有幫大姊遷啊？為什麼忘記我？

手機依然是忙音，沒人接。整個下午，近五十通的奪命連環叩幾乎耗盡手機所有的電力，就像我對我媽的最後一點指望一樣。

「我找不到我媽……我能不能自己遷戶籍？我、我有帶錢，費用一定會夠的。」我從褲子口袋裡掏出皺巴巴的三張千鈔，那是我省吃儉用半個月才存下來的。學校離這裡橫跨大半個台灣，我今天是特地向打工的店家請假才來的，要是無功而返，都不知道下次還有多少機會再來。

「不行，這是規定，妳不是戶長。除非妳有戶長委託授權的同意書，不然不能讓妳申請。」

「就是要簽字對吧？戶長是誰？我得去找他簽名……」

「妳媽。」

「我不是說了，我找不到她嗎？」我崩潰尖叫，這到底什麼法律，她都遷走了啊！

「找不到？她是妳媽妳都找不到，那妳家是有特殊狀況囉？」另一個年輕些的職員走過來，臉上有著一絲訕笑。

「那妳應該要先去警察局報案失蹤人口啊。哦，我忘了，沒有身分證也不能報案。不然我們幫妳打電話通報社會局也行，妳是問題家庭少女吧？」

「那這就不是我們工作範圍了，等社工來妳再跟他們說好了。」

這話聽在我耳裡，就跟對老鼠說要找貓來一樣。

說什麼？

說我沒滿十八，身邊也沒有監護人，爹不聞、娘不問，如今被一群態度囂張的公務員質問我民國××年就通知我落戶改戶籍，我沒改，現在沒辦法拿身分證在這裡哭什麼……說那時我才國中，不曉得原來我從來沒有戶籍、說我早不記得我爸長怎樣，我媽也很久沒聯絡？

社工能怎麼樣？把我像扭送警局的賊一樣的扭送到安置中心？

不是，我只是來辦張新身分證，怎麼就要叫社工安置了？

那一下午我打了五十多通電話，我媽一通都沒接。再提到社工，就是心裡再不服氣，我也只能摸摸鼻子，認慫走人。

後來我待在八大，發現沒人喜歡跟政府的人打交道，就算不是警察。光那副高高在上的姿態就夠讓人倒盡胃口。

曾經，我想申請清寒獎學金，首先要證明我是低收入戶，為證明我是低收入戶，得先證明我家名下的公司是空殼、要證明那是空殼、要去註銷，我去也沒用，公司是我父母的，他們早就不知所蹤，我還得先從我父母在哪找起。更不要說還規定了要證明幾等親之中無人擁有私產、要弄到他們收入證明……

我就問問，如何知道你的二三等親內有誰，每個人名下有多少財產？那你二三等親內剛好有個超有錢田橋仔，所以呢？

我應該理所當然要去投靠我不認識的親戚，然後叫他們拿錢養我？不然法律這樣訂是什麼意思？

我還只能向當地的里長求助，要他幫我。而我還得先落戶籍，要落戶籍，還得房東同意、還得先確認我這個人的身分。

在台灣，以政府名義幫助別人，還得是當地區所的住民，而不會因為我是土生土長的台灣人，台灣政府就會幫我。

好，還記得我本來是要辦啥嗎？一學期六千的清寒獎學金證明。

這些律法上的章程和規制是如此荒謬，卻讓一群生活都力有未逮的人跑完和提出所有相關證明。真想叫那些修訂這些章條的人自己去跑跑看，不要動用關係，他能跑出多少份。

這故事告訴我們，窮人界也分三六九等的。

#03處女入行

客人問我：「妳說妳是處女，那怎麼來這種地方上班？找個人嫁了，讓老公養不就好了？」

我一直覺得這種問題由男人開口非常微妙，也就是說，男人們心裡對老婆是外來寄生蟲的設定都這麼坦然的嗎？

我：「如果都是為錢，結婚不就跟賣屁股一樣？那怎麼不說與其嫁人，不如來上班算了？只賣給一個人，萬一他玩膩了叫我簽字離婚可怎麼辦？做客人至少收來的錢都是我的。」

客人：「……妳也太真實。」

我：「哈，我這叫才華。」

我站在黑暗的懸崖邊，幾乎無立足之地，眼前只有一座長長的獨木橋，長到我看不見對岸，就這麼延伸出去。獨木橋上，爬滿了從深淵探上來的手，男人的手，還有無數濕漉漉的舌頭，無數勃起的陽具。

我應該要很害怕，也許我是害怕的，但怕的不是眼前怪誕的景象，而是望不見底的深淵。

「掉下去的話，就會被刺穿，萬劫不復。」

沒有人這麼說，但我就是知道。

「要過橋，但是不能掉下去。」

在我意識到我的處女情節可能是個心病前，曾有記者朋友問我，貞操真的有這麼重要嗎，我下意識地回答：「不重要，但是做了就輸了。」

可笑的是，我居然說不上來既然賣淫不是罪、貞操不重要，為什麼會輸。

我能認同這個行業，卻無法接受自己在男人身下承歡。

一直都是處女，從事八大偌久不破，甚至不交男友，我覺得我可能，有病。

啊，就像倒敘法一樣，從上次夢見自己當回小姐開始，陸陸續續夢見了一些我以往不是很在意，甚至遺忘許久的往事。

都不是些太好的回憶。

跟許多的八大人一樣，我對各種傷痛和過往通常都絕口不提。非到萬不得已談了，還要嗤笑當時有多傻多天真，才會被嚇壞，現在一看根本沒有什麼，我根本不在乎——

關於那些長久以來，一直告訴自己都不是事兒，卻從沒有忘記的陰影。

我從小就是個愛吃的孩子，喜歡動漫的時間也比同輩要長，可能是因為這樣，所以也很晚熟，愛美意識和對異性的好奇也不是那麼重……毫無顧忌放開來吃的結果，就是成為一個小胖妹。

我從小就得父親疼愛，他不疼我大姐、不疼我弟，他只會跟我玩。

他總是一見到我就把我夾在他的腿間，用他的厚實粗糙的大手掐著我肉呼呼的胸部跟屁股玩。有點痛，但我理解的，大人的力氣都比較大嘛，不是不能忍耐的，他是我爸爸，給我最多的零用錢，那麼疼我。

真奇怪呀，我明明到現在還記得他是怎麼掐我的，卻過了二十年才意識到些什麼。

這麼說來，我似乎從還是個不懂事的小鬼時，就受到各種大人的青睞。我還記得我第一次遇到公車色狼的時候，我好像才九歲。公車上人很多，我和媽媽被擠散了，但也隔得不遠，就兩、三個人。

這兩、三個人擋住她的視線，我在顛簸的公車中，隱約覺得一直有什麼人貼著我的後背。人雖然多，可是也沒擠到非得挨在一起，可我不管怎麼挪，就是挪不開那個人貼在我背上的肚子，還有奇怪的喘息聲。

就算九歲的我不懂什麼是性，還是本能地感到噁心。我努力地往後踩、想踩到他的腳，想掙扎，可是就是躲不開他。說不上為什麼，也許我不該哭的，那個人除了貼著我之外，就沒有做課本上說不可以的行為了，他沒有打我也沒有罵我，可是我很害怕，我想哭。

我忘記我最後有沒有哭了，也忘記我是怎麼捱到結束的，反正我懵懵懂懂的，也就撐過來了，除了今天寫在這裡，我從來沒有告訴任何人，連我媽都沒有。

這些事情她一件也不知道，至今。

＊＊＊

高中的時候第一次去西門町，那時候我已經夠胖了，也完全不懂打扮，就穿著最普通的長褲和大外套，然後被朋友一通電話約出去。

那時候西門町還不像現在這樣掛滿電影預告啊、新番這種東西，看板上幾乎都寫著不要援交的標語。朋友的手機沒電，我一到就斷聯絡了，我甚至沒有見到她，就被一個老男人強拉走，說要去巷子裡喝茶。

我說不要，我朋友在等我。可是對方強拉著我，硬是想把我拖進那個看起來骯髒偏僻的巷子裡，說要給我零用錢，請我喝茶吃點心、看小電影。

我說我要叫了，那個老男人才放開了我的手，說他不是壞人，叫我不要緊張。我躲過他再次伸過來的手，拔腿就跑。我混進徒步區的人群裡，亂繞一通，連我自己都迷了路。想著這樣總不能再跟過來了吧，卻在一回頭，就從百貨公司櫥窗倒影裡望見他還跟著我，五公尺外，只要我停下腳步他就又想找我攀談。

最好笑的是，就在我逃亡的途中，有更多的老男人見了我問我在找什麼，要不要跟他們一起玩、一起喝茶云云。我幾乎是落荒而逃，就這麼被那個老男人追趕著直到捷運站。

＊＊＊

升大學的那個暑假，我為了下學期的學雜費死命地打著工，當時在顧網咖，有個大叔對我特別殷勤，只要我在就會開包很久的檯，跟我搭話的時候也神色專注地盯著我臉。

從他的眼神裡，我看到一股陌生的光芒，我不是很懂那種光芒代表什麼，但是我其實並不喜歡他看著我的眼神。

他不知道從哪裡得知了我的生日，把我約出來說要送我一台數位相機，為了以示誠意我可以直接跟他去商場挑。

那時候數位相機剛問世，最爛的一台也要五、六千啊，占我學費的四分之一了，所以我就去了。

大叔用黑褐色滿是汗水的手掌扣著我的手，說哪怕只有一天，我是他的小女朋友，男女朋友都是這樣逛街的。

回程的路上他說突然說累了，想休息一下，大中午就把車開進摩鐵：「我買相機給妳，妳不會連陪我休息一下都不肯吧？只是休息，我不會做什麼壞事的。」

我把他放的成人影片換成了霹靂布袋戲。他問我要不要去洗澡。

「洗澡，為什麼？現在才中午，我都睡前洗。」我歪著頭故作天真道。

「我現在就是要睡覺啦，所以不就是睡前洗？」

「那你睡呀，我不睡，我看電視等你睡好。」

「我不要，妳陪我睡。」他攬著我，把頭臉都埋在我身上，用力地深呼吸。「老婆，妳好香……」

我不知道我反胃的衝動，是來自一個工地系猥瑣中年大叔在我身上撒嬌賣萌，還是叫我老婆，還是因為他掏出了他那根開始擼。

「老婆，用手就好，幫幫我……」

毫無意外的，第一次直面男人的生殖器，十七歲的我被嚇哭了，哭著說你不要這樣，好可怕，生日禮物我不要了，我要回家……他可能也被我崩潰的樣子嚇軟了，慌慌張張地把我送回家，事後還傳了簡訊說他是真的喜歡我、愛我，不是想嚇我。

我只記得我回了家，把自己鎖在房間，躲在棉被裡暴哭一頓後，原來他是這樣的人，原來他圖的是這個，原來……原來男人對女人的好，是需要回報的。

＊＊＊

大學的時候，我家已經完全分崩離析了。那是我這一生中最狼狽落魄的日子，只要可以賺錢，我也顧不上手段啊、門面那種次級問題了。

我去當時很知名的理K金麗都上了幾天班，陪酒小姐上得不是很好，因為太胖，不好上檯，也不習慣喝酒，行政總給我臉色看。

一定是因為我不夠漂亮吧，我得快點變瘦才行。

我像個無頭蒼蠅似的上網亂搜，搜到了一間中醫埋線診所，試著去諮詢之後，醫生說知道我是學生，經濟不充裕沒有關係，他可以算我便宜讓我多埋幾針，只要之後給他拍照打廣告就好。

能在我這麼困苦的時候接濟我這樣的窮學生，是多麼好的人呀。我一定得瘦下來才行，所以醫生叫我脫衣服的時候，我也沒多想。那可是全身埋線的課程。

直到醫生把護士小姐支開，抱著只穿著內衣褲的我，硬是壓坐在他大腿上的時候，我才再一次體認到天下沒有白吃的午餐。

「妳不會逃跑的對吧，我對妳那麼好……只要妳聽話，我甚至可以不收妳錢幫妳做瘦身療程。妳要是瘦下來肯定很美，這身皮膚又年輕又光滑……」

別問我怎麼不逃，我衣不蔽體，行動受控制、精神受驚嚇，甚至連經濟面也是寄人籬下……當時我在想，原來這就是他想要的，如果我逃走了，那是不是就沒辦法減肥了？

別懷疑，就算我正遭受侵犯，也還是有那麼多顧慮而不敢逃。我相信不是只有我，有過類似經驗的人都會懂，我們表面上僵硬著身體，木著表情，其實腦子正飛快地運轉……逃了會怎麼樣？我該怎麼做？我要接受嗎？還是用盡全力地逃呢？我打得過嗎？外面的護士會幫我嗎？萬一是一夥的呢？出去求救的話會有人相信我嗎？還是會被打擊報復呢？我跟對方的社會地位差太多了，我能反抗嗎？我該反抗嗎？

那個中年禿頭的醫生抱著我，撫摸我不纖細的身體，然後把肥厚的嘴唇往我唇上蓋。我往內含住了自己的嘴唇，可是我知道，有什麼東西在我的心裡，碎裂了。

我的初吻，我一直想瘦下來交一個很帥很可愛的男朋友的初吻，給了一個神色沉迷地吸著我臉蛋的大叔。一個和當時的工地中年男人有著相同眼神的大叔。

果然，療程什麼的，這也是「需要被回報的好」，我還是得支付代價，只是不是錢而已。

我又哭了，我盡力地忍耐過了，思考過了，可是我還沒有考慮出五四三，淚水就先下來了。我委屈，真的好委屈。沒有人是真的對我好，如果我夠漂亮就好了，我就不會來了；如果我有錢就好了，我就不會為了錢被這些男人欺負了。

之前我還可以說我想回家，可是現在我連家都沒有了。逃走了的我，又能去哪呢？

雖然緊急的時候還在想些風馬牛不相干的事，但那種惶惑不安、害怕、被剝奪感，很快就變成眼淚潰堤了。

但這次我沒有崩潰哭叫了，我只是低著頭，無聲地流淚。我懂了，沒有家庭庇護的我要面臨的是什麼世界；我懂了，別人對我的好是要交換的；我懂了，他們是拿什麼眼神在看我；我懂了，幾個小時前的我到底有多天真……我都懂了。

可能是那副絕望的樣子又把色慾攻心的老男人嚇軟了，他又把我送回家，溫言軟語地安慰一番走了，走前不忘在我身上又摟又抱。

我沒再去過那家中醫診所，大四的時候，那個醫生的醜聞終於爆發了，但我不在乎了，我看著新聞，只是笑了一下。我也不知道為什麼我要笑，但是，我就是想笑。

沒空管這麼多了，經濟上的窘迫依然持續著。沒有時間等待求職的回覆信，我得無縫接軌馬上有一份工作。

＊＊＊

在網遊上認識的其中一個網友是義大利麵店老闆，他說他和友人合開了一間店，現在在招外場，問我要不要去。

我幾乎沒有選擇地，搬回我早已不認識的台北，匆忙地找了個便宜的雅房。趕鴨子上架地，就去面試了。

不知道為什麼，在見到他的合作夥伴，那個胖廚師時，他似乎有一瞬的怔愣，我在那瞬間，似乎又看見了道熟悉的眼神。

不過，那只是瞬間而已。很快地他又神色如常地和我洽談工作上的事，彷彿那一瞬間的違和感只是我的錯覺。

我寧願相信、也只能相信那只是錯覺。

師傅們其實都是好人，除了愛拿我豐滿的胸部開玩笑以外。二老闆對我也很好，常常下班後帶我去吃宵夜，雖然我對餐廳裡，我和他交往的流言、和他們廚師間的眼神交流有點困擾，但沒事，我可以裝作沒聽到。我需要工作、我需要錢。

直到二老闆趁我蹲下找櫃檯下的雜物時，把手虛扶在我的頭上，用他的襠部在我面前，前後晃了幾下，櫃檯外的廚師們哄然大笑為止，我都可以裝作毫不知情地站起來。

直到我從雅房住處的共用浴室出來，發現沒有住在租屋處的房東竟然趴在我浴室門的百葉窗前，痴肥的身體擋住了我所有的去路，我手無寸鐵，身上只圍著一條浴巾，而他落荒而逃。

直到房東隔天來砸我的房門，說我賤婊子亂跟其他房客傳些沒有的事，不租給我了叫我滾。

然後二老闆說他要去高雄開店，問我要不要去幫忙他，以女朋友的身分。反正我也無家可歸了，待哪裡不是待呢？

當然，除了他們，我生命中也遇過很多的男性，其中不乏許多正人君子。但類似的事實在多得不行，多到我沒辦法每件都記住，多到我沒辦法一件件的記載上來。但是我知道我沒有忘記每次碰到那種「想得到她」、「想占有她」、「想幹她」的眼神，心底留下的每道顫慄。

他們臉上，顯露著我從小見到大的、見獵心喜的神采，那種只是視線就足以侵犯我的眼神。

「哈哈，真是……原來被性騷擾也是會習慣的呀。你們都想幹我，是嗎？幹不到至少也要占點便宜，對吧，不然枉費你們對我那麼好。」

「好呀，我同意你們的遊戲規則，我跟你們交換吧，我出身體，你們出錢。但是，想上我，不可能。誰都不會得逞，你們越想要，我就越不給。我不會讓你們任何人得到我的身體，我絕對不會讓你們任何人得逞，絕對不會！」

於是，有了涼圓。一個以處女之身闖蕩八大行業的荒唐事蹟。

啊啊……又是這個眼神。

我還是很討厭被男人當作獵物打量，但是包廂裡的男人另當別論，他們才是獵物。

「大哥您好，我叫涼圓，怎麼稱呼您呢？」

眼前還是那座獨木橋，我毅然決然地踏上去。讓那些長長的怪手爬上我的腳踝、撕開我的衣服、那一條條的舌頭舔舐我的嘴唇和皮膚，甚至私處。而我只是握緊那些陽具，站穩，往前走。

「有點噁心，但是，可以接受。」

姿態難看了點，但穩，能過橋。

只要不要掉下去被刺穿，怎樣都好。

「做了，就輸了。」

第1節

慾海含羞花

學生時期時薪七十元的工作我沒有猶豫、當三個不同學齡的小孩全科目家教月薪五千我沒猶豫、義麵館一萬八加全勤五千的工作我也去了，打個手槍一隻抽成一千，沒道理再猶豫。

#01為什麼要來做這個？

有不少客人問過我：「為什麼要來做這個？妳有沒有想過，以後妳的孩子問起妳的職業、或者以後要去其他工作面試，面試官問妳以前是做什麼的，妳要怎麼回答？」

我一臉莫名其妙：「我現在就連能不能撐到有那種煩惱的未來都不一定了，還考慮那麼多？不如這樣，為了地球的未來，我們現在開始都別呼吸，人生就沒煩惱又節能減碳。」

客人：「……」

離開義麵館後，我已經有點忘記當初是被廣告上的什麼內容吸引了，大概是月薪三萬五的餐廳服務生，或是兩萬八加績效獎金可達五萬以上的內部行政？

昨天中午我打電話給ＳＰＡ館應徵行政，是一個女人接的。但我到了那間ＳＰＡ館後，給我開門的卻是一個……看起來就獐頭鼠目的矮小中年男子。

雀哥是我印象中少數總是穿西裝或正裝來ＳＰＡ館當行政的人、也是少數穿著如此正式卻依然感覺猥瑣的人。

就連當時初出社會、懵懂如我，都會立刻對他起防備心，尤其是他臉上堆滿了笑容請我坐下的時候，更是一臉不懷好意。

「妳要應徵我們行政？……嗯，也不是不行啦，不過行政工作很辛苦。工作十二個小時月休四天只有一萬八的底薪哦。」雀哥這麼說，他有一種明顯中南部人的口音。當然，也有可能是長期吃檳榔造成的口齒不清。

「可是廣告上面寫兩萬八……」

「那是另加績效獎金的，不過，那樣就表示妳也另外要負擔業務工作，那樣太辛苦了啦，我是覺得不要做比較好。」

「……」我當時被他打臉自家職缺的舉動震驚得說不出話，不過我很快就知道為什麼了。

「不如妳來當我們美容師，工作內容很簡單，就幫客人按摩而已。也沒有業績壓力。」

「……呃……那種的，我是不是要做什麼奇怪的色情服務？」

貌似從我的神情中讀到猶疑和抗拒，雀哥露出了一個釋然的笑容，連連擺手：「沒有沒有，這妳放心，我們不是這種店，妳只要幫客人按摩就好，我保證。」

沒有太多時間猶豫，雀哥也是個爽快人。於是我隔天就上工了，在那間叫做「鳥語花香」的店，我被取了個可愛的名字「涼圓」。

我本來以為第一天應該要訓練啊、還是最多讓我學著怎麼洗腳之類……沒有。他們就叫一個女行政教我最基本的指壓按摩、油推、熱敷，還都是虛有其表的那種。

女行政叫蘭姐，也就是白天接了我電話的女人。四十多歲，淺褐色的過肩鬈髮，穿著長裙，見人就先有三分笑，保養得不差。不說多性感嫵媚，但也沒有市場大媽那種發福或粗俗感。

「鳥語花香」是個很奇怪的地方，說是ＳＰＡ館，也有招牌，但是大廳才是占地最廣的地方。包廂兩、三間也不見客滿，也沒有蒸臉機啦、泡腳盆、熱毛巾之類的一般ＳＰＡ館看到的東西。包廂中只有一張美容床、牆上貼了幾張寫著不知名保養品的海報。

裡面的按摩師只有我、和另一個可愛女大生，她說她叫雛菊。

明明只有兩個美容師，現場卻有四個行政。雀哥說，除了店裡的事務以外，他們還要四處去招攬客人。

說是這麼說，看他們忙碌的樣子，店裡卻不見有多少客人。我和雛菊有開班就是萬幸，忙起來也就是兩、三個。雛菊比較可愛，但四、五個就幾乎滿檯了。

我當時是沒敢想那麼多，畢竟當初我也沒選行政業務這個比較吃力不討好的工作，哪裡有資格對這個職務上的人指手畫腳嫌客人不夠？

現在想想，那間店很明顯就是個幌子，實際上的操作面怎麼運轉的我不清楚，但當時的我顯然也不想知道那麼多。倒不是店家刻意隱瞞，他們言談間從不掩飾還有另一間店。裡面小姐很多，但全都是「七十妹」，和我們這些「九十妹」是不同的。他說：

「唉，不是客人不想點涼圓妳，但是我一說妳是九十妹他們就不要了，客人就比較喜歡去七十的店。」

「但我總不能害妳吧，我都會跟客人強調妳是九十的妹，純按摩，沒有特殊服務的。他們都大呼可惜，妳明明長得比那些七十妹好看多了。」

「我也覺得好可惜。妳比那些七十妹少賺了很多錢。」

這就是洗妹*的第一步，先讓我們知道自己長得不比人家差、做得不比人家少，領得卻沒有人家多。

「七十妹」就是指做七十分鐘，收費兩千五百元拆帳對半的妹，但是妹要上空和做手工（就是俗稱的「半套」）。

*洗妹是指挖牆角，說服妹或客人跳槽；或者說服她們提供服務。

「九十妹」基本上只有我和雛菊，純按摩，九十分鐘，收費一千八百元，美容師拿一半。人手不足的時候，甚至店裡的女行政也會下去貼，而且無論九十或七十，店家非常鼓勵我們留下客人的聯絡方式，以便業績不好的時候還有客可叩。（我一直到進了梟哥旗下才知道這是極度沒有規矩的做法。不過那都是後話了。）

別說對七十妹感到羨慕嫉妒恨，我上班第一天抓著按了兩個客人得來的一千八，雀躍得不行，不知道的還以為我中了一萬八。

一千八的現金啊！才按兩個客人、一共三個小時！相較義麵館拆成時薪還不如工讀生的薪水、更別說之前當黑工，連法定時薪都領不到的窘境，一天就現領一千八是個什麼樣的概念？

就算每天只能等到兩個客人，不管是工作質量、環境和待遇，都跟義麵館的工作天差地遠。每天有一千八的日薪，假以時日，脫貧一定不是夢想！

胸無大志的我，事隔十年都還記得當時那一千八帶給我的激勵和感動。至於什麼七十妹日賺上萬……嘖，人家郭台銘每天一開門就是上億的勝負，你嫉妒嗎？不嘛，你又不是郭台銘！你有那個屁股吃人家的瀉藥嗎？

雖然我也很清楚，自己也不是什麼專業按摩，賣的也是醉翁之意不在酒，相較做半套的七十妹也沒有高端大氣到哪，可是……

「雀哥……謝謝你昨天借我的一千元，現在還你。」上班的第二天，我有點不好意思、又有點驕傲地從薪水中抽了張現鈔給雀哥。

上班第一天就跟人借錢，想起來就讓我臊得慌。還好這份工作不錯，不是很辛苦，薪水不是很多，但比上一份餐飲業好太多了，重點是，下班領現。一千塊的現金才第二天就還上了，我以前想都不敢想。

「欸，那有什麼。以後大家都是同事了嘛，互相幫忙，應該的、應該的啊！」雀哥是我工作地方的行政組長，他收下千元鈔隨意揣入褲袋中，還朝我擠了擠眼睛。雖然小頭銳面的他做這種表情更顯猥瑣……但他其實是會對第一天上班的員工慷慨解囊的好人。所以我還是很給面子地笑了。

我心想，這裡的人很和善，也許是好的開始。

雀哥和蘭姐，是我以雛鳥之姿踏進半套界睜眼看到的第一組人。

我還記得自己以九十妹的身分遇到的第三天就有個客人，嫌我按得不好，說他可以教我。然後就……就是老套的發展。

當客人的手肆無忌憚地放在我的胸部上搓揉，邊說這是在疏通乳腺的時候，我的身體是僵硬的、心裡也是委屈的，但同時又帶著三分了然。腦袋裡將明未明，像是想通了什麼，卻又像塞了一團棉花，嘴巴都張開了，卻沒有叫出聲音。

「裝高尚也要有個限度，事到如今妳不會真以為不脫不秀不做色情又能馬上領現，這麼好的事情能免費砸妳頭上來吧？」我聽到自己的聲音這樣說，也許，那就是我在警告自己。

「倒是叫叫看呀？妳現在敢叫，外面的人就敢斷妳這條財路。連這點犧牲都不敢，妳還想上哪翻身去？」

「涼圓，還想脫貧就他媽給我咬牙忍著——」

那是我第一次被客人猥褻。最後，我只好就閉眼咬牙，安慰自己還好今天的罩杯夠厚，客人也不是很粗魯，然後我還真的記住了他給我劃圈揉按的手法，不管是不是真的能疏通乳腺，還是我的客人用不用得上，總要有個兩招能耍，這個便宜不能被白占了。

＊＊＊

蘭姐他們洗妹的力道不夠，但是讓妹意識到自己不是真的足體養生的按摩師，給自己做點心理建設還是夠的。

到後來，客人揉揉屁股、摸摸大腿之類的，我也都可以視而不見了。不過只要客人要求要脫要尻（打手槍），我都會保持著尷尬又不失禮貌的微笑拒絕。

那個時候的我就隱約知道，有些底線，越過了就回不來了。所以我能做的退讓，就是這麼多。

從事九十妹的第二個月，我和雀哥蘭姐依然保持著不溫不火的友善關係。總的來說，比起形容舉止都透著股猥瑣的雀哥，我還是跟蘭姐親近一些。

某天，店裡來了一個男人。莫約三十多歲，中等身材，不算太壯或太高，但他的外型跟伍佰有點像，單眼皮、方臉、薄唇。雀哥見了他，就跟老鼠見到貓一樣，像古裝劇的客棧掌櫃，彎著背脊，摩娑雙手堆滿討好的笑，讓他的模樣更加像個鼠輩。

男人坐在大廳的沙發，一來就對店裡的女行政左擁右抱、上下其手。不過那些女行政好像也習以為常，要不扭腰調笑、要不神態自然，一點也沒有被性騷擾的不自在。

「喲，哪來的新妹，長得滿不錯的啊。」很快那個男人看到了還站在角落傻眼的我，咧開嘴笑了，特別猙獰。從他身上散發著某種讓人望而生畏的氣勢，我的心一沉，突然了解了為什麼雀哥要這麼怕這個男人。

那個時候我以為令我懼怕的這股氣勢就是黑道，後來才明白那不過是被蛇或某種陰濕的爬蟲類類盯住時的毛骨悚然。

「涼圓，過來見見我們的老闆，鴆哥。」

「……鴆哥您好，我叫涼圓。」

我禮貌的伸出手，鴆哥握住，卻不是為了打招呼。他抓起我的手開始把玩，摩娑著我的掌心道：「好細好軟的手啊，手指又長又漂亮。嘖嘖嘖，妳做九十妹真的太可惜了，要是能用這雙手打手槍一定很爽。」

唉，現在想到還是很氣。都怪我那時候太嫩了，遇到突發狀況都只會傻愣在一旁。換作是現在的我，光摸這兩下我都敢跟他要個一千塊小費。虧～

「哎喲！鳩哥，你看你把人家妹妹嚇的。」蘭姐不著痕跡地穿進來，用身體拍開了鳩哥的手。「跟九十妹說這些幹嘛呢，咱們店裡就剩這兩個九十妹了，要是給你洗去，那些招牌客要怎麼做呀？」

鳩哥從善如流地接住了蘭姐的腰，一點也不客氣地滑動著。「那就別做啊，都來做七十不就好了，九十能賺幾個錢？」

「哎呀，好啦，你再給妹妹們一點時間嘛。涼圓，去幫鳩哥拿個飲料。」蘭姐笑著把鳩哥的手固定在腰間，對我使個眼色，我點點頭，立刻跑進後面不再露臉，飲料我就遞給行政轉交的。

那一刻我心裡非常地感謝蘭姐，她以身飼狼把我從鳩哥手上救出來，不單是性騷擾，還有那個幾乎是明示的窘境。而每天堆著笑對我噓寒問暖的雀哥，只是立在一旁，什麼都沒說。

隱約地，我開始意識到自己或許總有一天要面對這個問題，要不要做七十？

不要。

舒適圈這種東西，自然是有多久待多久。也許有一天我就得面對，但又不是現在，到時候再說。

#03我就這樣做了七十妹

當時的我，完全沒有想到最後我是那樣面對。

那是我第一次去到七十店，以九十妹的身分支援蘭姐的客人。她跟我說那個客人是她的老顧客了，七十店人手不夠，但他知道我是九十妹、按純的，他人很好，不會對我怎麼樣的。

那間七十店沒有招牌隱身在大樓裡面，我在最裡面的包廂，燈光比鳥語花香的還要昏暗，只有一些微弱的彩色燈泡充作照明。

所以那個客人在我面前掏出來的那話兒，看起來也是藍藍紫紫的。

以往被客人猥褻的時候可以不驚恐、被鴆哥騷擾的時候可以不退縮，甚至在某一次被客人帶出去壓在HOTEL床上，衣衫完好地讓客人勃起、邊叫名字邊抵著摩擦，還有被客人拿走高跟鞋強迫坐在一旁看他用我的鞋自擼，我都可以強迫自己冷靜下來，僵硬著身體撐完全程。

但那個客人掏出他那根叫我給他摸舒服的時候，我真的是嚇壞了。

「大⋯大哥，不要這樣，我是九十的妹，純的⋯⋯」

相較我退離美容床兩大步的模樣，客人在我面前遛鳥遛得極其自然，還用很奇怪的眼神看我。「我知道啊，我又沒叫妳幹嘛，也沒亂摸妳，我只是叫妳幫我按摩攝護腺而已啊。」

「我…我不會按……」

「不會？不會還做什麼服務？真是怪了，蘭姐從來不會叫服務這麼差的小姐啊。好啦，看在妳蘭姐的分上，我來教妳，就是這樣——」

無視我的抗拒，他硬是拉著我的手握上了他半勃起的陰莖，上下擼動。「啊對，就是這樣，給我摸舒服了……好爽……」

這句話我記得特別清楚，因為這就是我崩潰的導火線。它讓沒被教過什麼攝護腺按摩的我都清楚意識到，這根本不是按摩，我他媽現在就是在伺候他的髒雞巴！

「嗚……啊啊啊啊啊——！！」我打沒幾下就崩潰了，真的就是哭叫著逃出包廂，冒著雨逃回隔壁街的鳥語花香，狼狽的樣子把顧店的雀哥都嚇了一跳。

雀哥聽我哭訴完整件事之後，第一次沒再掛出獐頭鼠目的笑，反而露出了非常憤怒的表情：「我就說蘭姐那個陳大哥不是什麼好東西！她還說他人很好，根本放屁！好了，涼圓妳不要太難過，其實我們這些帶客的，哪有真的做過客人，哪會知道客人在包廂是什麼樣子？都是蘭姐在那邊唬爛，現在出事了吧！」

「妳不要哭了，有事我會給妳作主。這件事我明天一定會跟蘭姐嚴正地警告，叫她不准再帶那麼沒水準的客人，欺負我們家的九十妹！乖，妳先去洗把臉，累了，包廂還可以借妳休息一會，休息好就趕快回家了。注意安全！」

可憐我當時涉世未深，加上心情大受衝擊，沒聽出雀哥話裡的蹊蹺，六神無主的腦子滿滿都在想著蘭姐為什麼要騙我，那個客人明知道我是純按的妹為什麼要逼我……之類的問題。哭累了之後真的就借了包廂，睡到天亮就回去了。

隔天蘭姐見了我，開頭就向我道歉。但是除了第一句輕描淡寫賠了個不是以外，接下來十多句無不是說：

「那個客人不是這樣的人，不可能會做這種事。

他只是要求妳做攝護腺按摩而已，妳有必要大驚小怪地哭著跑掉嗎？不知道什麼叫攝護腺按摩，要怎麼說自己是純按的美容師呢？那也不難，就是推著客人蛋蛋下面一塊軟軟的地方，往裡按著揉一揉而已。」

「他是逼我用手擼他的老二……」

「不可能，妳不要胡說，我認識這個客人十幾年了，他一向很尊重小姐，不會做這種事。小芳妳說，是不是這樣？」

一旁的一個女行政看著我點點頭道：「那個陳大哥都買好幾節只是讓我睡覺補眠，碰都沒碰我一下，他人真的很好，我也不覺得他會做這種事。」

「可是他做了啊！我不知道他認識妳們多久、對妳們多好，我第一次見到他，他真的就是那麼做了！」我大聲地回道，彷彿音量夠大就能夠讓她們聽懂似的。

「不可能就是不可能！涼圓，妳做服務業的，這個脾氣真的要改改。」蘭姐沉下臉色和聲音，雙手抱著胸，冷冷地丟下這句話就走了。

一旁的小芳看我倔強地咬著唇，沉默不語，睜大雙眼硬是不讓淚水流出眼眶，也搖搖頭說：「妳還年輕，別這麼要強。等妳以後就會明白蘭姐她這是為妳好。」

為我好？

怎麼個好法我至今沒有品出來，如果是十年後的我，也許會站在蘭姐的角度，猜測那個客人是真的不錯，他應蘭姐的要求，花錢買我，試著把我洗成七十妹。

只是沒有人問過我覺得好不好。

陳大哥事件後隔天，我以為上班見了蘭姐會很尷尬，但沒有。

就像昨天的事只是一場幻覺。蘭姐和雀哥親切的態度沒變、公司的運作也沒變……

但是妹變多了。

表面上大家還是一樣每天說說笑笑，但氣氛卻有種微妙而凝重的改變。尤其是那些「新來的」按摩妹。

她們跟我們這種板凳軍差得可遠了，送往迎來，每天預約都很滿。

「我老點*說，昨天我不在，他挑了個現場。被那個妹做完之後，他才知道原來我們這種按摩還是有手工的……」雛菊沒再說下去，但看她不自覺噘起的小嘴，也不難想像她想表達什麼。

「那又不一樣，她們兩千五做一個小時，我們才一千八按一個半小時呢。」我試著安慰心情低落的小女生：「而且他剛剛不是又回來找妳了嗎，那就表示他還是覺得妳比較好——」

「他來找我跟我說，如果我要轉做七十妹要通知他。」

「……」

忘記是誰說的，當你要特別找些理由去說服自己相信某件事的時候，其實代表著最懷疑那件事的人就是自己。

就算我不是男人，我都得說服自己跟七十妹比起來，九十有九十的好處。其實，真

*老點，固定點某位小姐的回客（熟客）。

的有嗎？

雛菊的確是比那些七十妹年輕可愛得多，所以更想給她做七十的，合理啊。我沒有被罣固酮控制都能夠認同的那種合理啊！

「唉……不知道警察要抄七十店抄到什麼時候，她們沒地方去都往這裡擠，再這樣下去我們的客人都要被洗光光了……算了，要不是他肯來跟我這麼說，今天就又要掛蛋了。」

雛菊站起身，拍了拍身上的碎花洋裝。「涼圓還沒開檯吧，我先下班了，加油哦。」

「……好。」

只有我跟她知道，對比熙來攘往的七十妹與客人製造出的背景音，這聲加油顯得多蒼白無力。

在我連續第三天掛蛋之後，臨下班時，坐在空蕩的大廳，有種又被打回原形的感覺。看著幾乎已經實質化的金錢壓力慢慢累加，卻束手無策的無力感。

「就算七十妹回去了，這裡的客人也回不來了吧……」

「所以，妳要不要跟我出去開店？」就在這時，蘭姐走過來這麼說。她從櫃檯起身，坐在我面前的沙發椅上，神情帶著半分的嚴肅和一分的小心翼翼。

「涼圓，以前妳沒有看到，所以無法想像七十店的生意有多麼好。但現在妳看到了，真的沒幾個男人不好色，我也是這樣走過來的。」蘭姐從來沒有掩飾她以前也是七十小姐的事，但也沒有細說。我一直以為那是她為了得到我們這些小姐更多認同感的手段，而實際上，這的確是有效的。她以一個前輩的身分、以一個最懂我們的角度，站在我們這邊看事情，想不信任她都很難。

「我打算去開一間自己的店，反正我自己以前是小姐，手上熟客多得很，隨便叫幾個都能拚贏現在鳥語花香的業績。就是可惜我人老珠黃了，只能把那些客人交給我帶出來的妹妹們做，現在正缺人手，妳要不要來幫忙？雛菊那邊我也會去問的。」

「不過妳自己要有心理準備，我沒有那麼多九十的客人可以給妳按哦，絕大部分都是只按七十的。」

是一個都沒有吧。當時的我心裡就默默地替她更正了。

「好，我去。」我忘記自己當年答應蘭姐時有沒有猶豫了，應該沒有，畢竟會猶豫代表還有退路。

學生時期時薪七十元的工作我沒有猶豫、當三個不同學齡的小孩全科目家教月薪五千我沒猶豫、義麵館一萬八加全勤五千的工作我也去了，打個手槍一隻抽成一千，沒道理再猶豫。

第2節

情非得已之生存之道

每個人都告訴我要做的沒什麼，就是按按摩、陪客人聊聊天、打打手槍……我也就真的這麼以為。但顯然，這種心態是不行的，如果我真的下定決心要從這裡做為賺錢翻身的起點，就該把它當成第一天進到鴻海、微軟、蘋果或Google那樣，更加認真地對待這份「需要專業的工作」！

#01 菜雞上班

那是還在以電話叩客為主流的年代，蘭姐每天都會用電腦把簡訊統一發送到客人的手機裡面，然後就會有客人打過來詢問。

客：「啊妳們一小時兩千五這麼貴，是包吹逆？」

蘭姐：「……兩千五我給你，你叫你媽你妹你女兒來吹吹看，看你覺得貴不貴？」

客：「……」

我：「……」

那是我第一次崇拜蘭姐的瞬間。

既然已經決定了，反而就不像之前有那麼多想法和牴觸了。我不曉得別人是怎麼樣的，但我當時什麼掙扎啊、痛苦啊、還是無措都沒有，或者是該掙扎、該痛苦、該無措的在前面都做完了，最後只剩一片麻木。反正上工第一天，我就抱著是去上震撼教育的覺悟，以太空級耐震抗壓的心理準備到了蘭姐的地方。

不是店面，而是一套裝潢過的公寓。三房兩廳一衛還有廚房，連陽台都有兩處，裝潢也走暖黃色令人放鬆的色調。

饒是如此蘭姐猶不滿意，她說現在的客人都不能接受包廂和衛浴分離的設計，所以每個房間都要裝上透明的淋浴拉門。

因為還在動工，無論是行業別或規模都不好大肆廣傳，雖說是開業，但頭一陣子客人很少。

我還記得自己當半套妹的第一個客人，叫做烏鴉。

細節記不多了，當時我應該花了很多的時間在純按上，因為也不知道具體來說怎麼服務，只能按著過去的習慣來，直到烏鴉出言提醒我該做後半段了，我才愣愣地點點頭開始脫衣服。

可能是心理建設做得太強大了，第一次在陌生男人面前脫衣服……嗯，也不能算第一次，我以前短暫待過的酒店是要脫要秀的，再加上牢固的心理建設，我當時反而脫得滿自在，還想說做按摩不錯啊，只脫給一個客人看而不是整間包廂所有客人看。

菜雞如我連燈都不知道要調暗，除了有一絲極細微的尷尬，我並沒有太多想法，三下五除二的就脫到剩條底褲。所以烏鴉一扭頭就看到幾乎算赤條精光的白斬涼圓，驚了：

「咦？妳尺度這麼大的嗎？」

「咦？不是說上空嗎？」我聞言摸了一把自己的屁股，內褲沒一起脫啊？

「妳們對街的七十店都只把上衣脫掉，有的甚至只脫內衣叫客人伸進去摸就好呢。」

「是、是哦……那我是不是要穿回去？」可我今天穿的是連身小洋裝，脫半件剩半件掛屁股上，不是很醜又不好動嗎？萬一射到我衣服上了那我明天穿啥？

「當然不啊。」

「喔……」

面對烏鴉光裸的背脊，我認真嚴肅地伸出手，試著像蘭姐示範給我看的那樣給他做套輕功。

「蘭姐跟我說妳是第一次幫客人打手槍，我剛剛還不信，哪個小姐不跟我說是第一次上班？但現在我信了，妳這哪叫輕功，只是摸吧。」烏鴉不喜歡把臉崁進美容床的洞裡，他枕在自己的手臂上淡淡地說。

「對…對不起……」我當時急得額頭上都浮起薄汗，但就是輕不起來，就算他不說，我自己都能感受到自己的動作跟蘭姐演示的天差地遠，卻不知道要怎麼修正。

「明明蘭姐跟我說很簡單的……她做起來也很輕鬆的樣子。」

「哈，那當然啦，妳以為蘭姐是什麼人。她可是從高雄的激戰區上來的紅牌小姐，在來台北之前，她在那一帶至少長紅了二十年以上。要不是年紀擺在那，不受年輕客人的青睞，她才不會轉行政。

高雄市那邊的激戰區，紅牌不見得都是店裡最漂亮的，但一定都是功夫最強的。她甚至比男人本身更了解他們的身體，只要她想，光是做輕功就能讓男人尖叫著高潮。」

見我摸半天也翻不出什麼花來，烏鴉乾脆翻過身，指指他全無反應的小兄弟。

「反正妳也不會輕功，那就直接開始打吧。」

這就是我最慶幸的地方之一，我當年剛上檔的時候，台北市的半套店剛剛興起，小姐雖然尺度小、技術菜，但客人也精不到哪去。所以見我什麼都不懂，年僅二十五的烏鴉沒有生氣，也沒有轉叫涼圓躺下來。

好幾年後的我長進成為難攻不落的油條妹，烏鴉卻成了台北市各店聞風喪膽的職業客。店家行政間就沒有不曉得這個客人的，不是懂行敢玩條件夠的妹，他要做，行政只差沒跪下來求他高抬貴手的那種。

不過老妹如我是沒那福氣再領教了，畢竟上班穩定的老妹不是職業客的菜，更別說我那鐵骨錚錚的「基本」二字從未動搖過，客人早已失去挑戰的興趣。

「咦……我只是隱約覺得蘭姐好像很懂，可是沒想到這麼厲害。二十年！……嗯？可是你怎麼知道，你看起來不像有做過……」

「我在高雄市當兵，蘭姐是我學長的老點。雖然她技術真的很好，但她都快可以當我媽了，真的不是我的菜……」

當時我還不曉得邊打邊聊客人根本不會有感覺，也不知道烏鴉是不點破、還是沒發現，反正最後是沒出來。烏鴉離開前，神色看得出來不甚滿意但也沒有生氣。

「這也是沒辦法的事，妳已經很努力了。下次時間快到還解決不了跟我說，我自己打就好。」

……嗯，第一次嘛。失敗也是難免的，情理之中。

但是，烏鴉這句話連聽一個禮拜就是意料之外了。

＊＊＊

我剛上檔的頭一週，沒有一個客人打得出來。每個人都是同樣無奈的表情說：「妳已經很努力了，但我還是自己來吧。」

甚至還有客人大方地岔開雙腿，握著自己的老二在一臉懵懂的我面前示範：「來我教妳，這個呢，不是上下上下，這樣不會有感覺的。妳要用手腕，畫圈妳知道嗎，畫圈～」

這對我造成了相當大的打擊……沒錯，我就是為了迎接打擊而強化了心理建設，不怕山崩地裂狂風海嘯，可萬萬沒想到來的卻是落雷！

我簡直被自己的不稱職，雷了個外焦裡嫩。

「居然連這樣的工作都無法勝任……」

無意識地說出口後，我反而才發現自己其實有多麼小覷這份「工作」。

每個人都告訴我要做的沒什麼，就是按按摩、陪客人聊聊天、打打手槍……我也就真的這麼以為。但顯然，這種心態是不行的，如果我真的下定決心要從這裡做為賺錢翻身的起點，就該把它當成第一天進到鴻海、微軟、蘋果或Google那樣，更加認真地對待這份「需要專業的工作」！

雖然我不曉得這份工作需要怎樣的專業，總之，先想辦法打出來。

當時的台北市，別說什麼花錢去學性技巧，連褲子穿短一點都會引人側目。

每天就是最直接的上A片網找各種手槍片觀摩，然後只要女優開始吹或做就關掉看下一部；還有認真地請教蘭姐如何讓男人尖叫著高潮。

蘭姐感嘆地說，輕功這種東西在她那時是基本技巧，不會做連被推檯的資格都沒有。想學還要給教妳的小姐交學費，不然人家憑什麼把吃飯的功夫教妳？

因為有花大錢去學習，所以菜雞們也學得特別認真。一雙手下去摸遍全開的報紙，不能沾到一點油墨，那只能叫做基本功。沒事看電視的時候就可以用自己的膝蓋做練習，一樣是摸，但從手掌、手指、指腹、指尖……都能夠帶給人不一樣的撫觸。必須要像被羽毛拂過般的那種似有若無的感覺才叫夠輕。

「但是現在的小姐，都仗著自己年輕貌美，只要肯接S（全套），何愁沒有客人？學功夫？難道是為了要在這行待到人老珠黃，只能靠功夫為賣點？別說付學費了，就算我免費教，也只有妳肯來學而已。」她邊示範輕功，邊感嘆道。

涼圓看著蘭姐示範的動作，明明看得出她的手掌離身體有些微的距離，可是確實有被撫觸的感覺，像是只摸到了皮膚上的汗毛，不顫抖不中斷，隨著她指尖的變化在春風般的吹拂下還能夠產生令人為之顫慄的電流……而且她做得相當慢，這其實反而需要持續的出力控制自己的手臂和手掌浮空，而且隨著移動，其實手和體表的距離也會有極細微的改變，完全要靠美容師的經驗自己控制。

不怪乎我第一次做的時候完全無法施展，沒有練習過根本不會明白關竅在哪裡。這個功夫，我資歷尚淺的時候，也是犧牲了不少客人當小白鼠才慢慢練上來。就算知道理論，沒有練上個把月都不會抓到手感，完全不可能現學現賣。當然更不可能還像蘭姐那樣做各種變化。

「胸部、舌尖、頭髮、甚至呼吸，通通都可以做輕功。妳想練的話，甚至也可以用腳做。」嗯，我沒練腳，因為要花更多力氣控制。

比如素股*，曾經有客人問她，萬一素股的時候不小心滑進去怎麼辦，她下巴一抬，笑道：「正面來、背面來都可以，隨便你動，要是你滑得進去，就當作我送你了。」

或者是當眾妹子為了客人的手指粗糙，常把我們下體摳破皮而苦惱的時候，也是蘭姐說，只要事先在下面塗上一點點的潤滑油，就可以有效地減少擦傷。

當時包括我，大家都很懷疑：明明就不想被客人挖，卻在縫口塗油，那不是更容易被伸進去嗎？所以都沒有人敢照做。

我到很後期才發現蘭姐的話是對的，只要塗的分量拿捏得夠精準（大約一顆紅豆大小），手指不至於能滑進去，但也不會被指甲或老繭摳痛或弄傷。

* 素股是日本過來的詞，有點類似用腿夾，但她們是用大陰唇夾著摩擦。

菜逼八的我，在上任一週後終於擼射了第一個客人，太有成就感了手就停了。

還在高潮中的客人猛地失去了刺激，慌忙喊道：「欸不是，現在不要停——」聞言，我連忙又抓著客人的陰莖擼了起來，用的是跟剛剛一樣的力氣與手速。

「欸欸欸！不是這樣，快停快停——」過度的刺激差點沒把客人逼瘋，連忙握緊我的手讓我動不了。然後就聽到我菜味滿滿地嘟囔：

「一下叫我別停，一下又叫我快停，怎麼四四六六的不先講清楚……」

現在想想真令人感動，也就那年代的客人能佛到沉默良久後，只是一臉便祕地憋出這麼委婉的一句話：「……妹子，以後學開車的時候，要記得學煞車，好嗎？」

時至今日，別說讓男人尖叫著高潮，我甚至不敢誇口自己學了蘭姐功力的三成。她的招太多了，我也是在過了好幾年後，才從別人客人嘴裡輾轉聽到。他做的還不是蘭姐，只是她旗下的一個妹子，什麼女上男下的素股、泡泡浴輕功……陪洗的時候就開始挑逗，來個浴室Play——洗個澡的功夫，就連半加全和事後洗都搞定了，過程自然到客人連考慮加值的時間都沒有，連美容床都沒躺上去就被送走了，全程服務只有三十分鐘，按摩打屁通通不必，連整包都免，又拿到S錢，客人還滿意得要死。

當然蘭姐這些真傳功夫，不是她的小姐、也沒有那個尺度的我，是無福消受的。當年我受用無窮的輕功，對她來說不過就是小孩雜耍的皮毛罷了。

蘭姐相當大程度地扭轉了我對半套店、乃至於整個八大行業的看法。她讓我明白，以色侍人也是一種專業：不只是性技，在最短的時間裡看出妳面前的男人要的是什麼樣的女子，是想談戀愛、還是想來場酣暢淋漓的性愛、或是其他，從而選擇最適合他、最快讓他掏錢的套路。這完全不是輕功那種，只要肯學、下死功夫勤修苦練就能成的。

我也許勉強可以知道自己的客人要的是什麼，不過我沒有可以滿足他們的配備，離及格的專業八大人士還有著天高地遠的距離。無怪乎她可以叱吒高雄市激戰區二十年，哪怕是她退休開家庭式的那段日子，也還是有她少數的老點特地從高雄市北上來拜託蘭姐進班，他們說到後期，離了蘭姐，基本上就射不出來了。但只要蘭姐出馬，尻射兩發都不是問題。

這麼說或許有些滑稽，不過當時蘭姐自信的表情在我眼中，竟然看出了幾分令人敬佩的英雄氣概。

這才是真正的——職人！

在那間溫馨的家庭式個工裡，地小人稀，每個同事包括蘭姐，幾乎都是熟人。一起見證了一家店從無到有、從一週沒有一個客人，一直到慢慢做出業績，每個小姐一天就能接七、八個客人，光數上萬塊的檯錢都手軟。

我簡直不敢相信地看著手裡花花綠綠的鈔票，就在幾個月前，我累死累活個把月都賺不到的數字，現在竟然才一個晚上就有了……

「我的天啊……我真的沒想到這個有這麼好賺……」當然我有聽過，但是都市傳說，聽到和見到能相提並論嗎？更何況還是親手實現都市傳說。

「呵呵，大驚小怪。」蘭姐笑道：「我在當小姐的時候，一檔沒賺超過十萬的，出去都不好意思說自己是小姐呢。」

我倒沒肖想過一檔十萬這種神話……我相信蘭姐沒有誇大，但畢竟人家單吃BOSS的時候，我那級數只能被餘威輾死，也沒想拿著十萬大搖大擺上街宣傳自個兒是合格的八大小姐。再說一晚上連著七、八檯，連上廁所的時間都是跟客人借的，還得頂著外頭坐滿客人等著的壓力，料理手頭的客人……我可不敢說這錢賺得多輕鬆。

但累也沒關係，只要能持續下去，脫貧、乃至致富都不是夢想！

支持人活在世上的，不就是這麼一個盼望？

看著大家疲憊但滿足的笑臉，我曾經一度以為這種革命情誼會長久地持續下去。

生意漸漸地穩定下來，那天想說隔天休假，陪著蘭姐加班到特別晚。等到客人做完、毛巾和現場都整理好之後，天都已經濛濛亮了。

蘭姐說乾脆去等頭班公車回家好了，我看天色將明未明的，街上也沒人，很自然就說陪她一起等，等她上車我再回家。

「時間過得好快，妳開始當七十妹也已經過半年了。」我們在公車亭下閒聊著，蘭姐突然這樣問我。「怎麼樣，還習慣嗎？」

我笑了一下：「都半年了還有什麼不習慣的，當然不敢說多厲害，應付一般客人還可以啦。」

「涼圓啊，」蘭姐微抬起頭，看著清晨的天色。今天天氣不太好，天空看起來略微灰白，還覆蓋著大片髒棉絮一樣的灰雲。「妳有沒有想過，要做這做多久？」

我當時明顯愣了一下，心想這才剛開始賺錢呢，沒有撈夠之前怎麼就想著要做別的呢？再說就算做別的，也沒這個好賺啊。現在是剛起步，就有這樣的成績，如果能像蘭姐這樣紅個二十年……

「蘭姐以前當小姐的時候，是不是賺了很多錢啊？」年輕的我常常動不動犯二，腦袋想到哪嘴就跟到哪了，為此沒少挨過白眼，是以蘭姐把目光轉向我臉上的時候，我還以為我又說錯話了。

「啊，我不是……」

「——可多囉。」蘭姐又把視線轉回灰撲撲的天空，嘴角淡淡揚起。明明是有三分得意的語氣，她說起來卻有五分惆悵。

「從我年輕、到我嫁人生子……啊，中間當然有中斷過幾年啦。然後又離婚，直到現在孩子都要上大學了。沒有幾千也有幾百萬吧，當時我還買了兩棟房子呢。」

「兩棟房子！」顧及到大清早的，我的聲音只拔高了六度。

「是啊，要不是我當時愛買股票，最後兩棟房子全賠光了，根本不會淪落來做什麼行政——」

……淪落啊。

說得也是，雖然我覺得能遇到蘭姐教我許多很幸運，但對一個趾高氣揚、走路有風，坐擁兩棟房的紅牌小姐來說，變成整日洗毛巾、摺和服、忙著招攬客人的行政，的確算是種淪落吧。

我垂著腦袋看自己涼鞋上的腳趾，淨想些不著調的事，沒接上話，就聽蘭姐繼續說道：「涼圓啊，如果妳也打算要在這行久待。記著，毒跟賭千萬不可以碰，千萬、不可以……嗯，股票也不行。

也許這很難，但妳要記住，別做慣了小姐就養出小姐的臭脾氣。也許妳很努力，但妳要知道，妳能賺比別人多的錢不是只因為妳努力。做我們這行，忘記自己的錢是怎麼來的、忘記一開始的初衷，就會迷失，最後輸掉本來該是妳努力目標的東西。」

「哦不過，我拉拔大了五個孩子，也算意外的成就感。」

「五個？」我瞪大眼睛看向蘭姐玲瓏有致的身材。看不出來生了五個啊？

「對啊，除了我兒子，還認養了四個非洲的難民小孩，就定期捐助的那種。現在都長大了，前些日子還寫了中文的感謝信給我呢！字很醜就是了。」

「哇噻……」見慣了蘭姐和客人討價還價的樣子，真的很難想像她還能那麼慷慨，輸掉兩棟房的情況下依然拉拔大了不是親生的、遠在非洲的四個乾兒子……

「妳怎麼那種表情，這很奇怪嗎？我們做八大的，錢來得比人家容易，所以不做點善事的話，很容易就會遭報應的。」

我似懂非懂地點點頭……雖然我明白小姐和普通人，付出和得到的根本沒有可比性，但不是很明白既然是犧牲自己色相換來的錢，為什麼會遭報應？這麼厲害的善舉，被她說得好像在贖罪似的。

「可是蘭姐，台灣也有很多小孩需要救助啊，為什麼特地援助那麼遠的孩子呢？想見一面都難。」

「就因為見面難，才選非洲啊。」

「啊？」

蘭姐笑了，笑容裡有那麼一點空泛。「台灣的話比較好查，我想收到感謝，但不想給他們有任何知道關於他們乾媽的訊息，除了稱呼和所在國家。」

「為什麼？」

「這嘛，妳以後就會明白了。」

那次的談話給了我很深的印象，我之所以在八大翻滾過這麼幾年卻沒染上什麼惡習，虧得蘭姐還有身邊的許多人，口頭與親身演示給我看過。在八大，一旦迷失方向，就會失去自己本來想要得到的東西，甚至更多。

當時我並不明白自己的身分其實何等尷尬，但在那個時候，我可以感受到蘭姐也是有打開真心接納過我的。

如果我也在八大待了很久很久，是不是也能成為像蘭姐這樣，能堅持自己原則，願意照顧後輩、也願意回饋社會的人呢？

#02經紀人標籤

一如往常的每一次，我從沒有想過用一樣的姿勢、打開同一扇門，出現的會是全然不同的景色。

家庭式的套房一片凌亂，從客廳到包廂、毛巾和小姐們的化妝品、上班的油罐和計時器、衣物等四散各處，地板上都是腳印，卻不見任何一個小姐。

我有些手足無措，說是遭小偷但亂歸亂，也不至於翻箱倒櫃。可若不是遭小偷，那人都到哪去了，怎麼會變成這個樣子？

「妳來啦。」這時蘭姐才從裡面的包廂走出來，她提著水桶，看起來像在收拾。蘭姐神色淡淡，衣服妝容卻略有三分狼狽，平日裡藏在和氣笑容下的自信光芒也消失了，使她看來一夕蒼老了好幾歲。

「這是怎麼了，蘭姐？」如果我剛剛進了屋子只是茫然，現在就真的感到不妙，種種的跡象顯示蘭姐接下來要說的一定不是什麼好消息。

「昨天，這裡被抄了。」

「咦……那妳沒事嗎？其他小姐……」

「做完筆錄就回家了，我是最後一個，剛剛才回來，就想說收拾一下。」蘭姐背對著我洗拖把邊道。語氣就像她不過出去買了午餐回來，而不是在警局過了一夜。

「妳來得正好，今天妳就順便把東西收一收，回雀哥的店去吧。」

生平第一次遭遇自己上班的店被抄的我，顯然神經被這個打擊給拉緊繃了，比平常還快注意到她話中的語病。

「什麼……意思？我？回去雀哥那邊？這裡不開了嗎？妳呢？」

「這裡沒辦法開了，畢竟個工不是店面，沒有一個客人敢來警察已經抄過的點。」放下拖把，蘭姐又自顧自地撿拾著客廳散亂的雜物。不知誰的粉盒裡的粉撒了一沙發，口紅也被踏斷了爛成一灘泥黏在地上，不難想像當時在場的小姐有多驚慌混亂。

「反正早就撕破臉，我就不回去了。店我再開就有了，就我這次做出來的成績，不怕上面不讓我出去開。」

「那我也要去，我想跟著蘭姐！」

「除非雀哥同意，不然妳不能來。」蘭姐撿起那支沒有用處的口紅，扔進了垃圾桶。終於，她看向我，語氣裡有這麼一絲抱歉：「妳是雀哥的小姐，不是我的。」

我是在那個時候，才知道半套店也有經紀人這種東西。而我的經紀人，就是當初面試我的雀哥。

然後那位我大半年沒見過一面的雀哥，和蘭姐是死對頭。原因不明，但早在我踏進鳥語花香以前，他們的鬥爭就開始了。

「我試著爭取過妳了，但很可惜沒成功，誰叫妳這麼不巧，明明是我接到的電話，妳卻在雀哥值班的時候才來應徵。」

不知道是我神經緊繃反應才跟著上升，或者其實我一直都有留心到卻不懂門道而說不上來……那些細微的怪異感，通通得到了解答。

從一開始，我只不過是他們鬥爭的工具。跟誰當小姐，根本沒有必要過問我的意見。

我沒有做錯任何事，我只是打了通電話，去了個工作面試。

噁心。

對，誰都知道到底關我屁事，我很無辜。

好噁心。

對，很噁心，但工具的感受又不重要。

也許當時我就該崩潰痛哭，抓著蘭姐的肩膀質問妳為什麼要這樣對我、或者是捂住嘴巴，強忍住那種噁心感。不然就乾脆吐在現場給蘭姐增加工作難度做為餞別……這樣應該比較有戲劇性。

可惜現實是我的表情在下個瞬間平復，最後我只是東西收好走人，頭也沒回。

在我的意識裡，有些東西是絕對性的至關重要，比如我的尊嚴、比如我的貞操、比如我的存款、我的愛貓。

但有些東西是相對重要，比如我們的羈絆、我們的情誼、我們的……嗯這麼一數，我跟蘭姐之間好像的確沒啥東西可言，人家根本沒許過我什麼。

那些共有的東西，對方都不重視了，再把它小心翼翼地護著捧著，只是一廂情願而已。別人看了還覺得窩心，但當事人只會覺得你神經。

往好處想，她要沒想利用我，我能賺到這麼多錢嗎？

就像蘭姐說的，重要的不是工作室，而是工作。

眼下就算有意跟著蘭姐跑、就算雀哥沒意見，找新地點加上籌備，沒一兩個月根本開不起來，更別說到時候生意又得從零開始，不糾結那些個沒用的，我就問自己一句：

「妳等得起嗎？」

必須承認我是個容易感情用事的人，很多時候，我所付出的，為的只是對方的感謝，或者只是想表達感謝。但凡她表現一點對我的感懷，我想我會不惜以卵擊石主動跟雀哥撕破臉。

還好我沒幹傻事。

隔天我沒什麼懸念的來到雀哥的店。

也不知道鳥語花香出了什麼事，反正是已經沒了，大樓裡這間沒有招牌的七十店大家都叫它「花間集」。

在陳大哥事件中，我第一次來時的控檯是誰早不記得了。但眼前坐在主控的雀哥，比在鳥語花香時不知自在恣意了多少。當然也有可能是他現在的處境地位略勝蘭姐一籌而洋洋自得。

他隨意地坐在電腦椅裡蹺著腿抽菸，邊斜睨著提著一籃上班用具站在櫃檯前的我，陰陽怪氣地開口：「喲~這不是我們蘭姐訓練出來的紅牌涼圓嗎？哎呀，跟著蘭姐這段日子一定混得不錯吧，屈身我這間小店真的是委屈了、委屈了啊。」

「哈哈，沒有啦。」我當時還很菜，沒有練成吵架王，對雀哥與蘭姐的矛盾也沒有很深刻的認識，所以沒能給出什麼氣得他仰倒的回應。

啊，雀哥的臉配上這種小人得志的神情，真的是把猥瑣演繹得淋漓盡致，去演古惑仔手下的馬仔一定很適合……想想，演電影啊，怎樣都比真的當人家馬仔來得有前途吧。

是的，我就是那種被人諷刺的時候，腦袋裡還在想些不著調事的人。古人說得好：人在屋簷下，給屋主酸兩句就有片屋簷遮也沒啥。

總歸我也是雀哥名下的小姐，幫他、幫店裡賺錢的人，他總不能真的拿我怎樣吧。而且早在我剛進花間集前，就聽說他們常常延後給小姐們「月薪」，於是堅定咬死要像以前日領，他也沒辦法扣著我的檯費做手腳。

這其實滿奇怪的，先不說業界基本上都是檔領*，我就不懂怎麼有公司報月領之外，還有小姐接受？聽說是覺得每月發薪日拿到一大疊的錢會覺得很有成就感？雖然這麼說不是沒有道理，但也要看看公司的信用吧。

反正雀哥基本上不能拿我如何，連兩聲都不給他吠，豈不是顯得我太不大方了。

當然他也不是都沒機會整治我的，我曾經在過年加班期間遇到一個思覺失調的神經病，當時計時器響了，我打開了門卻被客人抓住手臂往回拖的時候，雀哥就在外面，他看見了。

我甚至還喊了他一聲。

＊正常八大行業是檔領，一週領一次薪水。但也有例外日領的，看妹跟經紀人怎麼談。

可是他只是站在那裡，冷冷地看著我被客人拖回去。

從那次以後，我意識到自己必須handle（掌控）包廂裡所有的狀況，應付所有的客人。真出了什麼事，哪怕跟客人翻臉硬拚，也不要指望雀哥會向著我處理。

那天，我身體不舒服，但是店裡生意正好，本來說好我做完第八個客人就可以下班。結果我早上六點一出班，就看到雀哥又帶進一組客人，所有的小姐都已經走光了，他很理所當然地叫我進去做。

「可是我不是說我身體不舒服不要做了嗎？你剛剛答應我現在做完就可以下班的！」

「妳他媽現在在跟我大小聲什麼！」如果把我的半套店歷程做成PS4遊戲，這時候應該可以得到一個獎盃：撕破假面具。

雀哥直接在客人面前發飆，毫不客氣地指著我的鼻子拍桌怒罵：「少在那邊囂張，老子看妳不爽很久了！蘭姐教出來的賤人就沒一個好東西，但現在我才是妳老闆，妳幾點下班就是我說了算！老子混店十幾年了，妳他媽一個入行沒一年的臭婊子也敢跟我叫囂？」

說完他直接衝進休息室把我的東西扔出店：「愛做不做，妳今天不做就滾，以後也不用再進來了，老子沒他媽缺妳身上一個洞！」

「雀哥……你、你不要這樣，怎麼辦，好可怕…嗚、嗚嗚……救命，他要打我……」

說也奇怪，我也不知道為什麼平常常在掉鏈子的自己，那時只是愣了一會兒，馬上哭得梨花帶雨躲進客人的身後。

「哎呀，好了啦雀仔，人家妹妹累了發發小脾氣又不是故意的，你有必要這麼凶嗎？是我不好啦，這個時間還來麻煩你，耽誤妹妹下班休息，你要罵就罵我好了。」

也不記得當時他們怎麼客套的了，我只記得我趴在客人的身後，噙著淚的眼睛怒視著雀哥，而雀哥青筋爆起，臉紅脖子粗的憤怒也不是作假，我們隔著一個男人，交換著赤裸裸的恨意。

那真的就是恨意，我常常動怒，但真正憎恨過、甚至希望他直接消失的人，雀哥是第一個。

出了這種事根本沒心情做客人，要不是那個客人我就會失去唯一的護身符直面跟雀哥衝突，我就是為了給雀哥難看才演這齣。也虧得那個客人神經世界粗，才有辦法讓小姐一邊哭一邊給他打手槍——噢，不排除他可能覺得妹妹心情難過，他安慰一番就可以撈到更多「沙必死」（日語service）。

說不委屈是騙人的，但其實我當時哭不停最大原因，只是因為一停下來，我怕我就會直接衝出去跟雀哥拚個你死我活。

真正令人想哭的不是因為我什麼都不知道，就被劃去蘭姐那一派，而是被雀哥故意留在身邊折磨。而且就算我想換經紀，依當時的經紀規模和我的人脈，根本不可能做到。

花間集是當時第一家、也是生意最好的半套店，只要我還想賺這筆錢，就算換經紀也不可能繞過雀哥，何況我沒有人脈。認識的其他經紀都是店裡合作的，這種情況就算沒有欠債可以自由來去，按照鳩哥雀哥一派陰險的作風，放話說經紀人洗走他們的店家小姐，抹黑弄臭人家的名聲輕而易舉，而且能保證人家百口莫辯，根本沒人敢收我。

「忍一時風平浪靜、識時務者為俊傑，衝動是魔鬼，妳有更重要的目標，不能被這種小人絆住了，妳可以的，妳會給他好看，只是不是現在……」那天早上，回家後的我一邊碎念給自己加油打氣，一邊上網搜尋詛咒別人出門被車撞的方法。

當時的我並沒有思考過，看不慣他又幹不掉他這點，也許雀哥對我也是一樣的。我並不清楚他是否想過要弄掉我，但我不怵，畢竟我是公司的搖錢樹，只要有人收，去哪都能賺錢，但他只是隻寄生蟲。

只是我不理解，就算可以時不時找我不痛快，雀哥為什麼要留這麼看不順眼的人在身邊，每天抬頭不見低頭見的。

而這就要追溯到他的老闆，鴆哥。他是個極度下流、骯髒、齷齪的生意人，這些字眼不是因為我討厭他，而是所有人都是如此評論他的中肯形容。從他很久以前做卡店*起家的時候就是。

在形容他的卑鄙無恥的同時，也總會感嘆一句：但他是真的很聰明，說到賺錢，他的腦袋動得比誰都快。

我進入半套店的第二年，雀哥帶著小弟阿雕，跟我說話的表情那可真叫一個和顏悅色：「涼圓啊，妳來這裡上班這麼久了，上得又穩定，錢應該賺的不少了吧？是這樣的，最近店裡想要展店，妳要不要來投資，一百萬，我們分期還妳，一天還兩萬，五十天後再給妳十萬元利息！怎麼樣？很好賺吧？」

我一點沒有要回答的意思，正研究著從那張笑臉的哪裡打下去可以歪得最厲害。但心裡的那個警鐘震天價響，我沒法專心。

這段日子以來，我沒少做過幾個自稱跟鴆哥有生意往來的客人，他們不是道上的，

＊卡店俗稱剝皮店，早期在台灣流行過，操作方式是小姐她們打電話給你，要你去店消費還要辦卡，然後期間會洗客人，說她們很窮、老爸過世、老媽癌末……千百種理由要跟你「借」錢，最後男人花了錢，可能手都沒牽到。

都只是一般投機分子，和鳩哥搭夥只有一個共同心得：後悔莫及。

沒有一個人拿回一毛錢的。

剛開始我還以為客人當裝熟魔人跟我豪洨的（瞎扯），投資半套店怎麼會找一般人，再怎麼樣也要有點黑白背景的人物吧？可是當我做到第四、五、六、七、八個異口同聲被陷害，但投資的是不法事業也不敢聲張的客人，我也不得不信了，多半是真的，串通這種事騙我這小姐也沒什麼好處啊。

我一點也不認為這筆錢出去了還能回多少來，還什麼十萬塊利息呢，呵呵。

「不好意思，雀哥，我想強迫自己存錢，最近買了一張很高額的美金保單，恐怕是拿不出一百萬那麼多。」

「買什麼保單呢，有錢就拿來投資公司，公司還會回饋給妳啊，乖，聽話，這就去把保單解了，給保險公司賺，不如和公司一起賺，WIN！WIN！雙贏！」雀哥可能覺得他笑得夠誠懇，但在我看來那就是一臉海珊總統盤算攻打科威特的表情，陰險！

雖然我看得直犯噁，但我還是佯裝乖巧地點頭：「好吧雀哥，我去問問看。」

我的確有買這樣一份保單，不過我一點沒有要解的意思，跟雀哥說的只是緩兵之計。本來也覺得他就說說，沒想到此後半年他竟是每天來問。

蓮兒是當時雀哥非常寵的一名小姐，連她都開始領檯錢和利息了，但我還是不肯鬆口：哪個詐騙集團騙大條錢之前不會先放點蠅頭小利？年利率換算下來百分之七十二！你說這其中沒鬼才叫不科學。

「雀哥，我問過業務了，這不能解，解了要賠付，到時至少要損失三十萬的。」

「怎麼可能會有這種事！那我去跟他們說啊，才剛買就不能解，什麼黑心公司！」

我沒有說話，靜靜佇立一旁，無辜望著雀哥的眼神裡藏著一絲戲謔：你倒是去說說看啊？我等著看看你拿什麼身分，用什麼法律叫人家解約不賠付。

雀哥也不是個傻的，他罵完之後就立刻鬆口，又涎著笑：「既然百萬保單解不了，十萬妳總拿得出來吧，這都過了半年了。十萬有的吧？」

我無意識退了兩步，露出有點為難的表情：「十萬也能投資嗎？」

「可以可以，當然可以，今天我跟阿離等妳下班一起領錢，明天開始妳就可以領檯錢加利息了！」

「——雀哥，我不……」

「好了，事情就這麼說定了。」

唉，生活規律身世清白就是這點不好，再加上他們是公司的人，每天我賺多少全都看在眼裡，隨便推敲都能算出我的收支大概落在哪裡。

就這樣，我當天早上幾乎是被雀哥和阿雕押著去提領了十萬現金交給雀哥，只拿到一張薄薄的借據，連個正式的契約都沒打。那天幾乎是我第二次對雀哥起殺念。但沒辦法，只能說服自己，每天去上班盯著他們付錢。

後來我才想通，也許那個時候他們的目的並不是真的要跟我借錢展店，當然借錢是真、展店亦是真，但真正的目的是想綁住我和蓮兒這種有更高自主性、沒有欠債、條件又足夠在八大混下去的妹子。只要有這筆債務，我們既不敢跳槽、也不敢隨便不來上班。

八大行業隨時都在變，唯有個鐵則不變：想找到好上檯又肯上班的小姐，猶如對中千萬發票，比登天還難。以我當時的條件和服務水準，如果不是背後的人物太麻煩，絕不可能換不了東家。

山不來就我，則我去就山的概念，行話叫「綁小姐」，應該算淺顯易懂？我那時被借了一年多的「十萬」，萬幸的是本利陸陸續續都有拿回，但天知道我每天都提心吊膽，生怕自己哪天就被倒債。

#03越練越堅強

數年後的我，站在飲水機前面，拿著一個紙杯漱口。

「哎呀涼圓，妳怎麼在這漱口，去廁所漱啦。」一個路過的行政看到我，隨口說了句。

「沒辦法啊，剛那客人不知道是吃了屎、還是喝酒吐過，嘴臭得要命，還硬要喇舌。」皺著眉把水吐回紙杯裡面，我總覺得嘴裡還有某種異味。唉，等會還是回休息室喝飲料蓋過去吧。

「那也別在這漱啊，飲水機的水是要給客人喝的，被看到多不好。」

「……是要喝的啊。」

「什麼？」

「欸，不說了，我客人還沒走呢，我先去送客。」我陰沉個臉，拿著那紙杯轉往包廂，在開門的前一秒如川劇變臉般堆滿了笑。

「大哥我給你端水來了喲，按摩完喝杯溫開水對身體比較好哦~啊，不可以啦，你怎麼只喝一口，要知道涼圓我不輕易給客人端茶送水的，一定要我特別喜歡的人才有，你一定要喝完才能走啦~」

行政：「……」

別看我現在講話犀利、手段油條，我也不是一開始就懂得反駁和反抗客人的。想當年我還是個嫩妹的時候，也是很怕會被客訴而不敢拒絕，多多少少受過些委屈。

直到那件事過後。

她叫扶柳，人如其名，弱柳扶風，不是裝的，是真的有點病氣。她很瘦，長相清秀，短髮，說話很和氣，甚至給人感覺有些天然呆。她很年輕，如果還有念書，一定都還沒大學畢業。可是這樣的扶柳卻說她得了子宮頸癌，是趁著一個階段的化療告一段落，想出來賺點錢補貼醫藥費。

那天一樣很忙碌，連續做完三、四個客人後，我發現扶柳不見了。向蘭姐問起，蘭姐神色一滯，只說她先走了。

後來我才知道，扶柳遇到了一名酒醉的客人，對方要求要S，可是她的身體狀況根本不可能於是婉拒，而那名客人惱羞成怒，竟抓起房間裡的裝飾檯燈就往她身上砸。

扶柳反射性地用手臂擋燈，那一下用力之大砸在一個瘦弱的女孩身上，硬生生地把她的手臂給砸出了骨裂。那天她不在，是去了醫院。

對一個按摩師來說，需要兩、三個月才能再按摩的手，跟直接失業沒什麼不同。可是那個客人賠了她什麼？什麼都沒有。聽說他就付了那次檯錢，一毛也沒多付就氣呼呼地走了，就連小姐就醫的錢也是蘭姐墊的。

五百塊，掛急診都不夠。

我真的很生氣，也曾經試著跟蘭姐理論。不是說我們這種地方是會有圍事，怎麼會任由客人打傷了小姐沒賠呢，就算他沒錢至少也該揍他一頓吧？

當時蘭姐的話至今言猶在耳：

「妳以為我不想幫她伸張正義嗎？可是我們只是家庭式，萬一惹惱了客人，去舉報我們，這個點曝光了，大家都不用上班了！其他小姐賺不到錢，妳找誰理論去啊？妳能負責啊？

再說我看扶柳自己也有問題啦。就算店家會盡量保護小姐，但難道我們還能跟進包廂裡在妳們做事的時候對客人指手畫腳，這不能摸那不能碰的嗎？妳們本來就要自己會保護自己啊，怎麼就任由客人打傷了呢？」

我：「……」

雖說這番話難免讓蘭姐和公司在我心中光輝高大的形象出現一絲裂痕，但她說得好有道理，我竟無言以對。

所以，孤男寡女、男嫖女娼，客人占盡了力量和立場上的優勢，被他們傷害，只能是我們自己的問題。

畢竟是花錢來玩，不是來行善的。身為玩物，我們本來就該抱持著百分之兩百的戒備，先當他們是壞人，先保護自己。

因為我們是見不得光的職業。就算受傷了，受委屈了，如果不能在客人離開前討回來，這一切就得要自己受著了。別說提告求償，連個說理的地方都沒有，甚至就算是我自己，也會懷疑到底是真的性侵，還是只是價錢沒談攏。

遭遇這些的不止扶柳，後來的半套歷程中，光是聽說的就多不勝數。有的小姐告了店家，店家也只是客客氣氣地跟客人要三千塊S錢；真有那麼幾個敢告上法院的，我至今都沒忘記陪著同事去報案開庭，警察和法官那種摻著鄙夷、不耐煩地吊著白眼嘀咕：「不就是價碼沒談好，出來賣立什麼貞節牌坊。」的表情……「被告說，你們本來就有性交易在先，妳自己想好了，妳確定要告？妳家人朋友看到會怎麼想？我看妳要不要和解撤告算了，不就是為錢嘛？」

絕大部分的，都是哭著回家，崩潰地買了事後藥吞吃，捂在被子裡向朋友哭訴。然後過兩天冷靜下來後，依然要面對生活。於是，又強自鎮定地回來上班。

有一種無聲，是因為被害人弱勢、或身體上的缺陷，無法表達。有一種沉默，是因為先入為主的認定，以及歧視，說了你也不信，何必表達。

就如同數年間不止一個人跟我說過：

「不用誰的話都信，妳以為誰都跟妳似的報基本就是基本？」

「怕熱就不要進廚房，她們自己說要當小姐的時候可沒有人拿刀逼她。」

「不作死就不會死，自己工作什麼風險，心裡沒點數嗎？不會保護自己就不要來賣慘，妳看她們事後不也是照來上班？我看她們都沒妳在意。」

對對，我知道，我都有聽懂。我們是賣的嘛，根本沒有不要這回事，大家都是婊子，誰也不無辜。

硬上這種事我也遇過，但沒被得逞過，這只是說明我比較幸運。而且我是認同的，服務好以外，小姐必須要學會保護自己。

只是就算商品擺在那賣，不告而取謂之偷、奪而不付謂之盜，更不要說強取豪奪的有可能是件非賣品，那都是罪。

我就是不懂，為何那物品換成是我們的身體就能這麼合理呢？說得連我這麼反骨的人都差點信了。怎樣算性侵，為何不是我們去定義的呢？

都說八大產業是物化女性，我覺得不，事實上我們不一定比件死物來得有多少尊嚴。

不過，誰叫我們啥不好做去做小姐，活該。

#04見風轉舵

雖然我很討厭雀哥，但是總的來說，我對工作和收入、以及其他小姐的相處上是頗滿意的。也沒有特別想跳槽或去別處打聽的意思，反正就像我說的，基本上他除了不幫襯我以外，也不能拿我如何。

當然雀哥這樣的人，字典裡是沒有公平公正公開的，他一定有特別喜愛的小姐。蓮兒算一個，想當年蓮兒做完客人之後，出班是直呼雀哥名諱：「雀仔我好累哦，去幫我整包。」雀哥滿臉笑意，招呼著蓮兒坐下，端茶送水好生伺候一番就乖順地整包廂去……的那種，公主與奸臣的既視感。

我常常在想，不需要像對蓮兒一樣鞍前馬後，如果我沒有被捲進他與蘭姐那段我未曾參與的惡性競爭之中，雀哥這個人在我眼裡是不是就不會如此面目可憎？我是不是太過醜化這個人？先不說什麼，至少初見面時他的的確確借了我一千塊救急錢是真，並且我的確也承過他的情、受過他的關照，哪怕不是真心。

興許他也有很多光明面，只是他的好不會為我展現。

雖然這樣說也不會改變他在我的故事裡就是個反派兼丑角，但我並不認為用憤世嫉俗、尖銳批判為動力去走過這十年的自己，又是如何光明的正派角色。

甚至說，我反而有點希望自己能像雀哥那樣，既然進了八大，就該拋棄不必要的矜持、自尊、還有任何天馬行空的夢想，沒臉沒皮，充滿現實與接地氣，受人唾罵也面不改色、見風就能駛得一手好舵的人。

我一直對我的人設不夠像八大行業的人有點在意，不管人事物，我總是狠不下心又放不了手……所以有時候，我是真的想學學反派那種寧為玉碎、不為瓦全的絕決。可惜他們鑽營的那一套，我到最後一刻終究也沒學會。

話說回頭，在蓮兒開始怠惰上班之後，玫瑰一躍成為雀哥的新寵兒。

玫瑰生得年輕可愛，圓潤的臉蛋兒配上水汪汪的大眼，和習慣性嘟起的紅唇，的確頗有玫瑰花盛放時張揚肆意的明媚，讓人很想靠近。

玫瑰花有刺，玫瑰也有。

等我意識到時，她已經和其他小姐吵起來了。我聽了幾耳朵，似乎是因為玫瑰私下在小姐間傳了些什麼謠言……她們吵著吵著，甚至爆發了肢體衝突。

肢體衝突主要分為兩派，玫瑰以及玫瑰以外的小姐們。

「天哪！妳們在幹什麼，快住手！」當時和玫瑰交情最好的薔薇終於出班，並衝進戰圈，拉開了玫瑰與眾人。「阿鵰你在做什麼！為什麼不阻止她們！」

我這時才大夢初醒，對啊，我得去拉架！可是定睛一看，這架早拉完了，身為整場唯二從頭到尾坐著看戲的，我是全程嚇傻，而另一位則是全然漠不關心。

被點名問罪的阿鵰只是轉著手中的原子筆，聳聳肩膀。「我為什麼要阻止她們？」

「你！」薔薇氣結。「我們會把這件事告訴雀哥的！到時候你就不用來上班了！」

「那就不要上啊。」阿雕再聳個肩，直接把筆扔到桌上，拎著包包就走出店門。

「走了，我請大家喝酒唱歌，錢櫃集合——」

「耶！」花間集當時的規模很小，大家感情很緊密，也都是熱情的人。「涼圓走了，唱歌！」

「蛤？哦、好……」現在才找回語言和思考能力的我，這時才意識到這班是上不下去了，而且還得立馬選邊站。而我卻還不是很清楚事情的來龍去脈。

不過現在要給雀哥找不痛快我倒是很快的意識到了，選的全無懸念，爽啦！啥？你說班？店都要分裂了還班什麼班，今天兩檯夠了啦。

我在前半生一直是個乖巧的好學生，8＋9特別聊不來的那型。活了二十多個年頭就沒見過幾次打架，更不要說是小姐之間的，小心肝到了錢櫃還撲通撲通地在跳。

剛剛……打架了！（雖然不是我打）

而且還，蹺班了！（雖然我是被拉走的）

哎喲！怎麼辦才好，現在想起來還有點小興奮呢！

……我想每個好學生第一次使壞都是這種心情的吧？

「公殺小啦！幹！」這邊小心肝才要平復呢，一個玻璃杯就飛過我的腳邊撞碎在電視屏幕下，我當場心跳一百。

「先動手又怎樣，不要跟我在那邊扯些五四三，雀仔。今天我敬重你是個前輩叫你哥，但其實你什麼貨色你自己心裡清楚。沒有我、沒有這些妹，光靠你跟那兩個嬌生慣養的大小姐，要撐起一家店你看那兩個公主病會不會挺你就好？」阿雕舉著手機沉聲道，沒有人唱歌，但自顧自運轉的卡拉ＯＫ背景音還是很大聲，就算如此我都還是能聽到手機那頭哇啦哇啦的罵些什麼，只是聽不清楚。

「你自己想想看，從高雄開始，這些小姐挺你多久？現在是你讓人心寒，反正就一句話，有她們沒我們！不信你試試看，沒了這間店你雀仔走出去還有誰會叫你一聲哥！」

阿雕說完手機往桌上一扔，又開了一罐啤酒，靠在沙發椅上痛飲。

「欸！阿雕，萬一雀哥真的偏袒那兩個賤人……」

「不可能的事。」阿雕手一揮，否定了這個疑問。「雀哥這個人我很了解，他一輩子過得窩囊才特別愛面子。快則兩、三天，慢的話七天，不，五天他就投降了。」

沒有人接話，氣氛一時肅穆。就在這時，周杰倫的〈霍元甲〉前奏響了起來。

「〈霍元甲〉，誰點的？」

我默默拿起麥克風。

「真的假的，涼圓會唱〈霍元甲〉？」

「看不出來耶，氣質也差太多。」

前奏結束，我就開嗓了：

「把狼A性命～係恐金擱包銀～阮A性命嗯～打錢～」

「把狼哪開嘴～係金言玉語～阮哪係多公威～馬上丟出歹誌～」

「小城裡～歲月～流過去～清澈滴勇氣～」

眾：「……居然還合起來了。」

阿雕忍無可忍，沒讓我唱下一段，直接把麥克風搶過去唱起原曲了。因為長得和周杰倫有幾分相似，所以他似乎下過功夫練周董的歌。

他真的唱得不錯，一時凝窒又被我冷凍過的空氣，又活絡回來。

現在的我可能會是有意為之，但當年我真的只是有點白目。歌被搶了，只好坐下來，旁邊的同事已經笑得前仰後合，眼看就要滾下沙發。

「我是不是……又不會看場合了？」

「不，妳很好，涼圓。這次做得真的很好，以後照這樣就對了。」

阿雕說得沒錯，雀哥的確丟不起這臉，但連阿雕都沒想到，他把玫瑰和薔薇處理掉也就是隔天的事而已。

「柔柔！嗨～這麼早來上班呀？來嘛，這裡坐一下我們聊聊天。」

「……嗨，雀哥。」沒想到會被雀哥堵在門口，柔柔明顯愣了一下笑得很僵硬。

「沒事吧？昨天那兩個破痲沒傷到妳吧？」

「呃……沒有。」

「……」昨天還寶貝得跟什麼一樣今天就叫破痲了。

「那就好，聽說妳抓著那個小賤人的頭髮撞牆，我可擔心了，要是割壞了妳那雙嫩手可怎麼辦？我們的客人都會哭的。」

隨著雀哥的笑容越發猥瑣，我的眼珠也越吊越高。

「雀哥，她們之後還會來上班嗎？」

「上什麼班！我昨晚就把那兩個小賤人賣給小鶴了，叫她們永遠不要在我們這家店出現！柔柔妳放心，妳跟著我們這麼久，只要妳還認我這雀哥，雀哥我絕不會虧待妳的。」雀哥拍著自己的雞胸，那賊眉鼠眼笑得全擠在一起，要是沒看過昨天以前他是怎麼待玫瑰的，我都要以為玫瑰得罪的是他雀哥了。

可以了雀仔，再演我就要吐了。

我偷覷了一下他們身後坐在主控位置上的阿雕，他自顧自地玩自己手機，對眼前的事置若罔聞。昨天還氣成那樣，今天就能若無其事，班照上、客人照帶、照樣跟其他小姐打鬧練幹話。

小鶴是那陣子常出現在店裡的一個經紀人，似乎也有兼做幹部。自打那件事之後，連著玫瑰她們，就再也沒有見過這些人了。

那時候我才知道小姐居然還能「賣」給別的經紀。我一直以為那只單純指小姐和經紀人有債務的情況下債權轉移……但玫瑰和薔薇的收入，怎麼也狠甩雀哥十條街吧？

我也不怎麼待見那兩個妹，但看到雀哥的言行，還是不免有種兔死狐悲之感。

受到經紀人的偏愛又如何呢，也就這麼回事罷了。當然也有可能是因為這份偏愛是雀哥的，所以才特別不牢靠。

就像數年前陳大哥的事一樣，玫瑰的事也輕輕巧巧地揭過了。好在我對於八大行業的現實與無情感到習慣了。如果我不是身處八大，一般職場也會遭遇類似的事吧？只是可能不會像雀哥這樣噁心的這麼光明正大。

後來鳩哥的勢力迎來了相當大的起落，當時雀哥的身邊，固定班底只剩下我，和幾個偶爾來的ＰＴ妹（兼職）。當初與玫瑰起衝突的小姐們早在幾次的遷移中不知所蹤，就連雀哥心腹愛將蓮兒也是一個禮拜出現一次，還是來催帳的。

「雀哥，你上個月的獎金什麼時候發給我啊？」臨下班的時候，蓮兒追問著臉色略顯陰沉的雀哥，那陣子他笑容裡的猥瑣幾乎都被疲憊取代，甚至他也很少笑了。

「過陣子吧，妳也看到了，新的店才剛弄起來，公司這邊資金比較緊張，不過下個月業績有起色的時候就能給妳了，先回去休息，喔？」

蓮兒回頭看看連妹都顯得寂寥的「店」，張嘴想說些什麼但還是忍住了，乖巧地點點頭。

趁著雀哥沒注意，我攔下了蓮兒，壓低聲音跟她搭話：「蓮兒妳太強了吧，現在這麼緊張，妳報班又少，還有獎金可以拿呀？」

蓮兒面色不愉，微嘟著嘴侍弄她的綁帶涼鞋。我不曉得她是真的年輕不知世事，還是刻意為之，或許她曉得但根本也不在意，反正她是說了：「哦，就雀哥跟我說，只要我上一檯，他就從他的經紀費私人補貼一百塊給我的獎金啊。本來是鳩哥跟我談，只要我一個月有多少回客指名，就給我一萬塊的獎金。所以當時我才那麼努力抓老點洗客人。可是這樣太累了，客人也越來越難搞。反正我現在又不缺錢，就跟鳩哥說我獎金不要了，然後就看心情，高興就來上班，不高興就隨便做。」

「……」這就是為什麼蓮兒報班越來越少、客訴越來越多的原因嗎？

「然後雀哥就主動來跟我講說，只要我肯來上班就好，每進一檯他都會貼我一百塊獎金，也不用抓回客，所以我才來的。」

「是哦，這樣啊……」臉上還掛著微笑，但我的心已經澈底沉了下去。

這三年來，我從沒有休過檔，也沒有請過假，只要有報就會來上班。

當然，我沒奢望雀哥會對自己討厭的小姐做出私貼這種承諾。真正惹毛我的，是他在背地裡搞小動作，卻毫不避嫌地在我面前談論，甚至沒給蓮兒下封口令。

我不想以我上班的操守和服務滿意度說事，但看不起人也該要有個限度。

……加上這陣子這種不妙的態勢，我隱隱約約覺得，不下決定不行了。

#05大哥的女人

「妳知道我們所謂的『清潔費』是怎麼來的嗎？」

「就是那個莫名其妙每天都要被扣兩百，可是也一樣要自己整理休息室、自己整包的清潔費嗎？」

「鴆哥想出來的：每個小姐抽兩百，拿去買床紙巾、衛生紙等耗材；店裡每個套子賣兩百，最後會變成行政的薪水。」

「……蛤？雖然那些耗材是我們用掉的付錢沒話說，可是連保險套都拿來支付行政薪水，那店裡的營收上哪去了？」

「哪有什麼營收啊，鴆哥把經紀費開高、高破行情，經紀全把妹帶到他的店去，客人自然也就跟過去了。妳別看他店生意這麼好，但根本不會賺錢。」

「……不是，那又沒錢賺，他圖什麼呀？」

「圖的就是那個生意紅火的景象囉，給『股東』看的。」

「……鴆哥這人，人品實在不咋樣，可是談到做賺錢，還真的是個鬼才呢。」

「是啊，尤其是騙財。」

承上說的大起落，雀哥的地位明面上是不變的，但卻有了微妙的變動，尤其是在半套店又經歷一次大抄洗牌之後。

當時已經入行三年，也不能算是什麼都不懂的菜鳥了。我發覺大抄洗牌的事，基本上是一年一例行，但不知為何，那年特別多。半年內，我已經換到第三家店，甚至到最後那已經不是店了……我回到了家庭式個工，在台北市幾乎最邊邊的郊區上，出門望見的不是燈紅酒綠的繁華街景，而是烏漆抹黑的快速道路。

家庭式開業的第一天我又見到了鳩哥，當時我已經很習慣直接坐上他的大腿，把他的豬哥手固定在我的腰間，然後把他當年意淫過的手心攤平放在他面前。

「鳩哥～最近生意好差，一直換店。我今天都不知道能不能開檯，就指望你這一千塊了。」

「哎，那有什麼問題！」鳩哥褲兜一掏，與過往同樣豪氣地掏錢出來，五百。

「……」

「怎麼那個臉？」看我不滿意，他還狀似親蜜地捏捏我的臉頰。「公司不好過，就是妳鳩哥不好過，但為了妳們，再不好過也要撐下去啊。這不是馬上頂了一個點幫妳們做窩嗎？偏是偏了點，但不用擔心，還有妳們茉莉姐罩著呢，不會不開班的。」

他不說還好，這麼一說我那表情根本直接屎給他看。

茉莉姐是鳩哥的女朋友，當時台北市最大的幹部，可能見過她本人的很少，但身為史前化石小姐的我倒是看過幾次。她身材很好，看得出年過三十，但臉上妝容依然濃豔精緻，她喜歡穿半透明的鮮豔印花襯衫和緊身包臀短裙，大波浪長髮配上瓜子臉，比小姐們都還像小姐，再配上令人雞皮疙瘩……我是說，酥麻入骨的嬌嗲嗓音，總的來說，就是鳩哥最喜歡的那個類型。

圈內盛傳她以前也是小姐，以假結婚的方式被鳩哥帶來台灣，後來證實她是台灣人，卻操著一口像陸籍小姐的口音，但她超討厭被人謠傳是外籍妹。

據說茉莉姐對誰都沒什麼耐心，包括她的兄弟姊妹。但是這樣的她對父母極其孝順，從來不把外頭的風風雨雨帶給父母，哪怕一絲一毫。

果然在我人生故事裡的惡角都可能是別人故事裡的菩薩，不過這也是我後來才聽說的了。

身為小姐，我最深惡痛絕茉莉姐的是她的推薦風格。

身為幹部，她極少以服務面推薦小姐給客人，通常她都會推薦外型不錯的妹，但服務配合尺度就……當時台北市的最大幹部，也不怎麼缺客人。

只要客人提問妹妹會不會吹、含、吸、舔、摳、S、口爆、內射、肛交毒龍*……她一律回答「是是是！會會會！」小姐什麼都有，就是肯不肯的問題。若是要不到，那只能是她打槍你。所以她帶來的客人一向出了名難搞，然後客人間也盛傳她推的小姐也是除了外型什麼都雷。雖然後來我覺得她的說法也不算錯，理論上來說的確是個妹就可以辦到，洞又沒被縫上，問題一直是妹子肯不肯而已啊。

可憐那些客人還以為我什麼都有接，只是不肯賞臉跟他們做，鐵錚錚的「基本款」涼圓我為此沒少跟客人起衝突。

還有那個「卡班」——先把漂亮妹子的空檯訂下來再隨緣分塞客人的作法，也是她們搞出來的。

卡就卡吧，總歸也是為了幫我推客人，可是你說我從九點被告知十點有預約，然後十點一到就被放掉、十點又被告知十一點有預約，中間檯都不能看，等到十一點被放掉……那一檔我起碼被爽約十檯有，不止我，但凡有點姿色的妹子都是如此，害我一度以為我做壞她那些客人，這是在打擊報復。

這就真的是我多想了，茉莉姐沒在care客訴的，甚至有客人擺明了跟我說她就是用騙的，所以根本也不記客人名姓，反正她也知道客人不會回頭再找她了。

*毒龍指舔肛。

那個時期的資訊沒有現在透明，客人是真的好騙，也不敢聲張。靠著腥羶火辣的不實廣告，茉莉依然是台北市最大的幹部。只是隨著我們的處境越來越落魄，她介紹來的客人也就越來越超過，上次的客人甚至還問我怎麼不會噴水。

我沒一口老血噴他臉上都叫敬業。

「我先回去了，涼圓拜拜。」那天爆完雀哥的料，蓮兒終於搞定了複雜的綁帶站了起來，然後想起什麼，復又彎腰對我低語：

「聽說昨天早班有警察來敲門，不過沒有搜索票，雀哥和阿雕把門鎖死，死都不開，僵持了一個多小時警察才走。」

「什麼？」我倒抽一口氣：「這裡才開一個禮拜，地點已經這麼偏遠、客人也不多，怎麼警察就找上門了呢？」

「不就是茉莉姐那組人嗎？」蓮兒扁了扁嘴，低聲抱怨：「外面都在傳她生意做大了人就囂張了，居然跑去嗆警察：不怕你抓，就怕你抓不到。現在警察正追著他們打呢！

不然妳不覺得奇怪，以往大抄都是好幾間店一起被抄，這次只有鴆哥這組人加入的店才會被抄，而且是遷到哪追到哪。」

「……」

蓮兒看著我臉上驚疑不定的表情，搖了搖頭：「我看這裡很快就不安全了。我還是再休息一個月吧，涼圓妳最好也趕快離開，不然不知道什麼時候就被掃到風颱尾了。真是的，明明就是茉莉姐闖的禍，關我們什麼事……」

當下我真的很想仰天長笑：哈哈哈哈！鳩哥雀仔茉莉，你們也有今天啊！看你們落衰簡直不要太爽哇！哈哈哈哈！如果我現在不是跟他們一條繩的螞蚱的話。

固然我可以休檔避風頭，可是誰知道這種你追我跑的僵持會多久？就算他們都被帶走了，我要上班還是缺那條人脈啊。我對這個行業的人際脈絡和利益關係全然不了解，怎麼知道換誰才能澈底擺脫這組人馬呢？

反正先稱病休假，雀哥才不在意我病死沒死。隔天深夜，正煩惱的時候，水仙那通決定性的電話就來了。

很後來我才知道，鳩哥根本不是道上人物，他只是個卑鄙猥瑣的商人。論起真正的財與權，在正經黑社會背景的梟哥面前，他連大氣都不敢多喘一個。梟哥略施小計轉移我的經紀權，其實也就幾句話的功夫。

「雀哥啊？是這樣的，我媽媽氣喘發作，很嚴重，現在在手術室裡開刀。可是我們全家都沒有健保，醫院說手術加上住院費至少要二十來萬，我能不能跟公司先借點？」

「二十多萬？這……」電話另頭雀哥的聲音明顯犯了難。「公司現在沒有這麼多現金，妳先跟朋友借借看？」

「……真的不能先跟公司借嗎？」我語帶哽咽，臉上卻是止不住的竊喜：「那…那好吧，我再找其他人想想辦法。」

這通電話後不到一天的時間，雀哥和阿雕就連著當天在場的小姐一起被警察帶走了。據說小姐做筆錄的時候，還一直追問雀哥和客人S的錢能不能夠拿到。

我不曉得他們有沒有被判刑，後來怎麼樣了。只知道雀哥在一間很偏僻的小店做行政，聽說是脫離鴆哥了；茉莉換了個名字繼續當幹部，不過她似乎招攬了大量的助理做分身，給予極低的報酬，自己坐收大部分收益……整一個助理老鼠會。

鴆哥至今也還有在台北市活動，依然臭名昭彰。偶爾會聽到些醜聞，比如睡了頂黑鍋坐牢屬下的女友，屬下黯然回鄉；或者是跟第一次見面談合作的老闆去酒店，框了小姐，結果帳單卻賴給那個倒楣的老闆等等……不過我是沒有再見過這人了。

大概在我開始在梟哥旗下上班的一個月後，我接到了個陌生號碼電話。

「喂？」

「涼圓啊？我雀哥啊。」

「哦……是『雀仔』啊，有什麼事嗎？」我不緊不慢地說。

「哦，沒什麼啦，就是想問問妳過得好不好啊？媽媽的病情有沒有好一點？」

「很好啊，這裡人不錯，生意也比以前好。更重要的是，從經紀到行政都比以前靠譜多了，很令人放心呢。」

「這樣啊。那妳那二十萬欠債……」

「唉，二十萬吶，雀仔。我經紀，哦對，就是梟哥，他說不能讓我『分成五十天慢慢還』的，一間公司都湊不出來的錢，我一個小姐才一個月要拿出來談何容易？我看還要好一陣子呢。」

「……這樣啊，那妳要加油，雀哥有時間找妳出來吃飯。」

講到這裡都還沒直接掛我電話，不得不承認他還是有幾分耐得住的。

「好啊，一定要，當然。我還等著你飛黃騰達來帶帶我呢，『雀哥』。」

第3節

海上花

生的時候，沒有被在乎、被關心過，一生窮困潦倒。走的時候，也不會有人記得，好像白來了這世界一遭，甚至連死後都不得安寧，無人聞問。她存在的意義，好像只是詮釋了八大版本的悲慘世界。

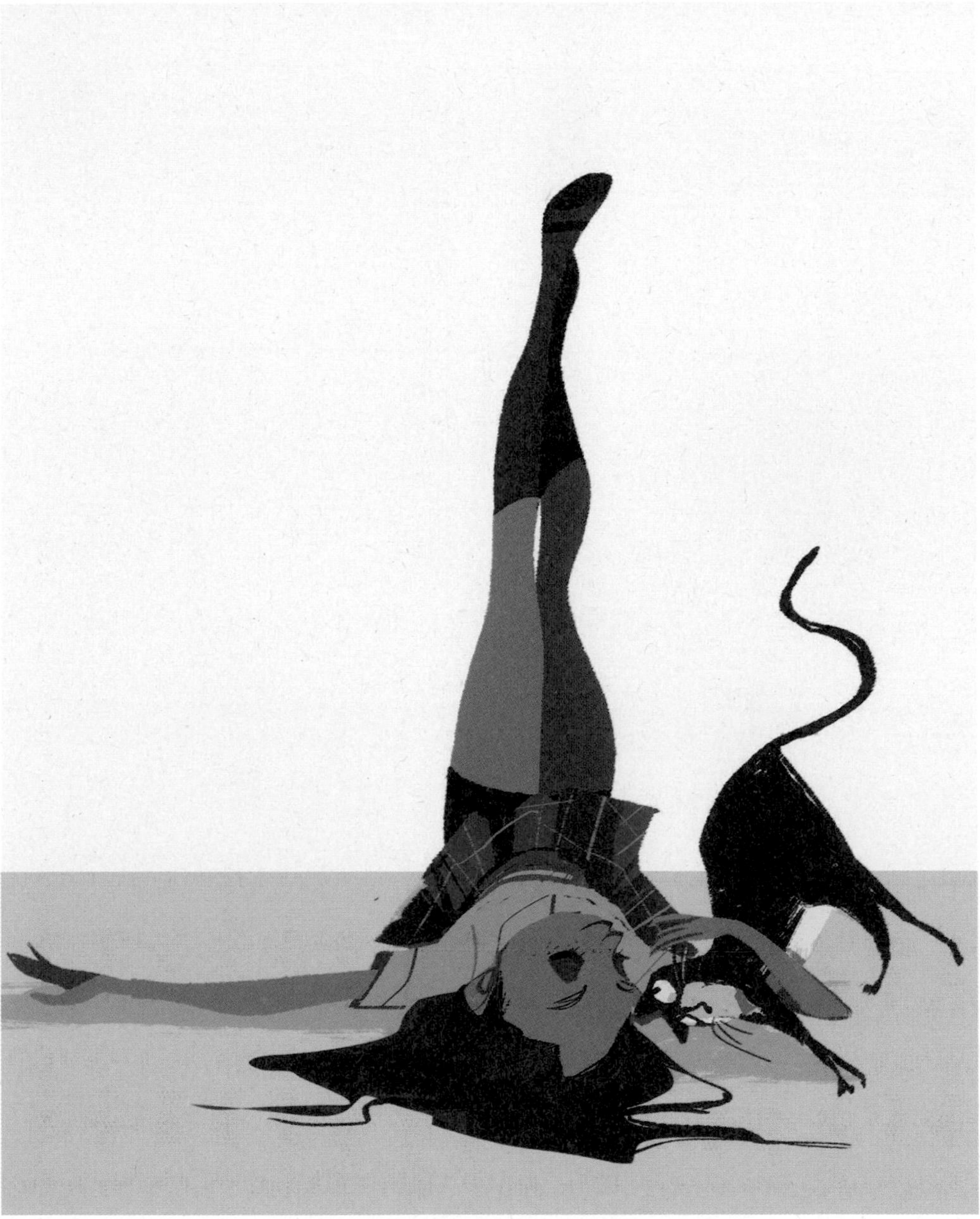

#01 菖蒲

我第一次見到菖蒲莫約在六、七年前。

那時候她化著濃到看不出原樣的妝，還是遮掩不了她靦腆的笑容，她說她怕有人會認出她，一定要化著很濃的妝才會有安全感。

以小姐來說，她很高大，甚至有點微胖。但是勝在她身型不錯，胸大腰細，還有濃妝也遮不住的和煦溫柔的氣質。

一看就是老實好親近的類型，沒有算計。

聊過幾次我才知道她也是處女，在來這邊上班之前她是個護士，才剛上幾天班，幾乎沒有經驗。

「是不是大家在做客人的時候一定要幫吹才算服務好啊？至今為止客人都這樣跟我說耶，我覺得好噁心，可是要是不吹就會被投訴……」她很苦惱地這麼說。

我聽得眼睛都瞪圓了：「誰說一定要幫吹的，那是騙妳的，他們該不會沒有付錢吧？」

菖蒲甚至告訴我，她做第一個客人就被挖破了處女膜，血流不止，去醫院躺了三天。

我氣得眼前發黑，怎麼會有這麼傻的女孩。連忙把我的「安全寢技」傾囊相授，教她如何保護自己安全，又在不被客人投訴的情況下做好服務。

因為在這個行業裡，很難遇上同我一樣是處女的同事，而且顯然她沒有我幸運，遇到的都是想占她便宜的客人，所以我油然而生一股保護慾，我希望她能在這裡比我待得短，並且在這個行業全身而退。

莫約經過了半年多，有一陣子我們的交情越來越好，她說她好像煞到了某個客人，雖然知道這樣不好，對方也沒有對她認真的意思。不過她就是很難控制自己不去喜歡對方。

我皺了皺眉，但還是什麼也沒有說。她都說她知道這樣不好了，我還能說什麼呢？

又過了一陣子，她說她錢存得差不多了，過陣子也許就能上岸。

「我想也差不多是該跟那個客人做個了斷的時候。」她說。

「嗯嗯。」那時候的我，對這句話完全沒有多想，了斷嘛，應該的，上了岸的確該封鎖斷聯，免得多生事端。

「那妳上了岸之後要做什麼呢？回去醫院當護士嗎？」

「不，傳直銷吧。我那時候不想再當護士，除了經濟壓力，另個原因是在那個行業，做得好了，病人痊癒了也不會感激我，可是要是出了三長兩短，第一個就是說我們辦事不力。」

「我還是想做能夠真正地接觸人、幫助人的工作，我覺得傳直銷很適合我。」

雖然我個人不認為傳直銷是一條好走的路，可是聽到她對未來的生活是有想法的，還這麼樣的正面，我真的覺得很欣慰。有種自己親手保護到大的小妹妹終於要脫離苦海送上正途的感覺。

所以在菖蒲上岸前夕，我聽見她把她的初夜獻給那個並不愛她的客人，我盡量忽視心中一閃而過的怪異感，也沒說什麼。反正都要離開了，也許這麼做也不算壞事吧，至少是給自己喜歡的人，比什麼三千賤賣還是被硬上要好得太多了。

後來我就再也沒見過菖蒲，只在共同的朋友口中聽過她的近況。

她上岸的第一年，我聽說她在傳直銷這塊做得還不錯，甚至有過百萬業績。我心裡是真為她高興。

可是第二年，我就聽見她交了個男友。那個男人跟她曾經喜歡的客人差了十萬八千里，很有錢的老頭兒。

「菖蒲跟他在一起，好像也是為了他的錢。」朋友說。

「為了錢？可是她不是在傳直銷這塊做得不錯嗎？為什麼還要為錢……她明明還說過想要幫助更多的人的啊？」

當然我同意掙錢和幫助人不起衝突，可是這個語氣、這個事態，怎麼聽也不像是為了助人濟世，才委身於一個有錢的大齡伴侶之下。

「不知道。我也沒問得太詳細，可是她傳直銷好像沒做了。」

到了第三年，我就聽聞關於菖蒲沒有在她有錢的男友身上撈到什麼，於是回到我們這行上班，並且還被客人搞大肚子，不得已去拿小孩的消息。

「……」我很震驚，張大了嘴卻一句話都說不出來。

「就……這樣吧，每個人都有自己的追求。」那友人字字斟酌著說道。「我感覺她花銷也是不小，就，比較愛花錢。」

……花錢？

那個菖蒲，我印象中連上班都只有固定一套洋裝，也沒見名牌上身的老實妹子？

當然時隔三年，與她基本斷聯的我是不敢誇口保證她說的菖蒲還是我腦海中的菖蒲，人嘛，總是會變。

只是，那個我以為保護好送上岸的女孩，又自己跳了下來，並且潛到了比我更深的深海，最後，又因為天真而觸礁了。

說不失望是騙人的，可是很快我又自我調適了想法，把自己斥責了一頓。我們總是擅自幫別人決定什麼樣的道路才是對她最好，一廂情願地把人往那條路上趕。人會改、願望會變。也許在不知不覺中，她的宿願已經不再是幫助更多人了；又也許，她用這種方式去實現了幫助別人，定期捐善款的八大人可不在少數。

我還是沒法想像菖蒲變了，我很想知道這三年中她發生了什麼事，不過至今，她的聯絡方式依然在我手機裡安靜地躺著。

我想知道，卻又預感自己不會喜歡她的這段故事。

這是我第一次深深見識到八大行業這個染缸能夠帶給人多麼劇烈的轉變。也許不是立竿見影的那種，但它會在妳不知不覺間，把妳變成和妳本來想成為的目標，完全不同的人。

我絕不會說菖蒲因為真的賣了身而變成了個「壞人」，或者去評斷這是好還不好。我只肯定墮胎不好。再說，沒賣身又怎麼樣呢，我也沒有走在別人為我鋪好的路上，成為別人期待的樣子。

我唯一擔心的是，用性交換生活，就跟抽菸吸毒一樣，抽一次兩次，妳可能都覺得一切還在妳的控制之中，要戒隨時可以戒。可是，難的不是跨越，而是回來。妳會需要加倍的意志力去回到過去的樣子，只是，有那樣的意志力，妳何至於去跨那樣的界線呢？

待到有朝一日不能以色侍人後，日子又該怎麼過呢？

我並沒有後悔去幫過她，可是後面的路的確是她自己的選擇。就算是我，也不能告訴任何人，置身八大行業，妳會過得更好，或是更不好。

前一陣子和客人提到菖蒲這段往事的時候，對方也是瞪圓了眼，說：

「妳說的菖蒲和我知道的那個菖蒲是同一個人嗎？她做得可辣了，只要有錢她什麼都肯做，怎麼dirty怎麼玩，非常敢玩主動的，指名要找她的客人可多了。」

想必那客人認識的是後期的菖蒲吧，我尷尬地笑了笑，因為我完全沒法把他說的女人和我腦中的菖蒲連上。

人各有志，時至今日我已經不是那麼在意那個我曾經幫助的女孩，走向了什麼樣的道路，那都只是個過程。

我就想再與她喝個茶，希望聽到她過得好。

#02小葵

「妳知道美國的白宮在哪裡嗎？」

「嗯……綠島？」

「……剛不是都說了『美國的』白宮嗎？」

這樣回答的小葵，還是個現役女大學生。我不知道她這種笨是真笨、還是裝可愛假笨，但哪種我都不喜歡。先把國家未來的安危放一旁，至少在八大行業，按說女大生該是非常吃香的，青春飽水。

但是小葵……

泡泡單眼皮、瞇瞇眼、塌鼻、兔唇、沒有下巴、頂著蘑菇造型的鮑伯頭，兩頰明顯下垂，活像剛睡醒的拳師狗。

視線往下，雞胸、駝背、狗肚、垂屁股，遠看簡直跟老夫子似的，直筒身材，勉強入眼的，只有一雙還算修長的腿。

這都不算事兒，偏偏她個人衛生習慣不好，指甲邊永遠黑黑髒髒的。我們的休息室有點和室風格，她那腳穿過桌子伸出來，總讓對桌的小姐們退避三舍，還以為是灰指甲；偶爾她睡覺短裙走光，看見的不是春光，而且沾著不明汙垢的髒內褲，邋遢又不修邊幅。知道的也挺懷疑她是來當小姐、不知道的還以為是哪來的女遊民。

事實上她也活得跟遊民真心沒兩樣，下了課之後就到公司換衣服，然後倒頭就睡，偶爾有檯看她就頂著頭亂髮，睡眼惺忪地跟著，想當然也不會被看上。餓了也沒錢叫飯，只能忍著，包括我在內的很多小姐，聽到她肚子叫，都會主動把自己的餐點分給她，還對她說這是我們吃不下的，放心吃。

這樣的小葵，注定是不適合我們這種靠門面吃飯的行業的。有一回客人打槍了本來約好的小姐，說外型不ＯＫ，那小姐也好脾氣，同意讓他現場換，想不到那客人竟然挑了小葵，那小姐氣到怒吃三碗三媽臭臭鍋。

「我知道我沒多正，可是在場比我漂亮的那麼多，他挑涼圓、還是別的，誰我都不會生氣，為什麼偏偏是小葵，難道我還比不上她不成！」

「誰知道客人怎麼想的呢？他可能就想被嚇？」

「怎麼可能，涼圓妳不用安慰我了，我——」

「嘿各位！」剛忙完下來的小葵驟然打開休息室的門，歡快地說：

「剛剛那個客人還給我了兩百塊小費，說是為了感謝我讓他過了一個精采的萬聖節耶，嘿嘿～」

眾：「……」

「姥姥」這個綽號是有一回她出現在公司，蓬亂擋臉的鮑伯頭居然變成灰色，內側還染了大片的紫，配上她浮腫的五官，說不出的違和感。

「我做這行那麼久，什麼樣的妹沒見過……能讓我們行政掏出手機拍照的，她還真是第一個。」

我來上班的時候正好聽到晚班的店長這樣說，本來不以為意，可是一進休息室，乍見小葵那顆頭還是愣住了。

灰色和紫色這種特殊色是很吃顏值的，就算是美女，沒有化妝都會很奇怪，何況是小葵這樣的，顏色不勻稱就算了，頭髮還炸毛……然後這兩個色又不搭，襯上小葵的臉，怎麼看怎麼詭異。

那廂小葵正在控訴那個髮型設計師：

「人家明明是約五點，結果坐在那等到十一點，那個設計師才幫我弄，護髮才五分鐘就說要打烊了草草結束，然後就炸開了……這頭我還花了一萬多呢。」

「……我就問妳個問題。」

「什麼？」

「那設計師是男的還是女的？」

「男的。」

「好哦，那我了解了。」

「……」

眾女一室哄堂大笑。

「好了好了，不要再取笑人家了，妳們知道這樣是職場霸凌嗎？」我說。

「大家就不能友善點、恭敬點。像我，」我對著小葵拱手彎腰，道：

「姥姥！姥姥您出關了啊！啊，這頭髮一看就知道增加了不止一甲子功力，恭賀姥姥魔功大成哪！」

「吼～涼圓妳好討厭哦！人家明天就去染回來啦！」

聞言我心想：還以為這傢伙不是不在意外貌不然就是審美有問題呢，原來她也有覺得醜的時候。（失禮）

……雖然有點職場霸凌的嫌疑，但我真的必須承認我沒有辦法喜歡小葵這個小姐。

倒不是嫌棄她醜，但她太笨了。涼圓見過各式各樣的妹，什麼都可以忍，就是不能忍笨的。

有一回臨檢，小姐們急忙奔回休息室，只見小葵的薄紗下，胸前激凸，明顯沒有內衣。

於是有小姐問：「姥姥，妳的胸罩呢？」

小葵支吾一了陣後，小聲說道：「在包廂裡……」

「白痴哦！現在在臨檢耶！快呀妳快回包廂拿，那間比較遠現在還沒查到，趁現在快去拿回來！」

「喔。」

小葵去而復返後，這次換用大毛巾在裙下遮遮掩掩，眾人一片目死：

「……妳的……內褲呢？」

「……在包廂裡。」

「……」

什麼都可以忍，就是不能忍笨的！

不是在沉默中崩潰，就是在沉默中爆發。我是真的差點要爆發的，可是門外有警察，爆發不了，只能深吸一口氣、內心排山倒海的崩潰。心裡瘋狂地尖叫：為什麼？就算再怎麼驚慌，剛剛去拿胸罩的時候為什麼會沒有想到一起拿內褲？這難道不是一個最普通的普通人都會想到的事嗎？為什麼拿了內衣不拿內褲？為什麼啊啊啊——

這被臨檢到不是開玩笑的啊，馬上就有小姐去低聲通知了店長。警察走後店長走過來，拉出口袋裡的內褲就丟在小葵的臉上，面色陰沉到要滴水：

「妳每天在這裡上班超過十二小時，臨檢的時候怎麼辦妳會不知道？」

「可是這是我第一次在包廂裡遇到臨檢啊……」

「……」差點忘了她上班十二小時裡真的有客人的最多就一檯。

「總之，下次再這樣，妳以後就不用來了。」

我經紀人聽聞這件事後也是一臉凝重：

「這讓我想到那個小葵，前幾天說被客人內射，客人出於愧疚才主動貼了一千給她，結果她居然開開心心地拿去櫃檯炫耀——妳說，她是不是真的有智障？」

「可能出生的時候臉先著地，腦袋還被門夾了吧。」涼圓眼白快翻上天。上回有小姐被客人偷拔套，一氣之下告上櫃檯，喬到最後客人還賠了一萬呢。

我當小姐那麼久，還真沒那麼不爽過哪個小姐。雖然小葵沒有惹過我，但我一見她就心裡竄火。也不是嫌棄她的外型或討厭她這個人，但就是看不慣她裝瘋賣傻。

現在想想，那是怒其不爭吧，因為那種感覺，隨著我越了解她，也就越發強烈。

「姥姥，妳那內衣是怎麼回事啊？」

順著其他同事的問話，我一看過去，就看到一件色彩斑斕的胸罩，緊緊地縛在小葵的胸口，不管是下圍還是罩杯，內衣明顯都太小了，擠得她的雞胸更加變形，遠看活像是四個胸部。

偏偏這女孩還在跟這內衣死磕硬擠：「很可愛吧，這是我室友給我的內衣。」

「室友？」

「嗯，我說我沒有內衣，她就把她的給我了，她對我真的很好，還長得很可愛哦，妳看。」小葵給我看她的手機照片，上面的女孩大眼小臉，個子嬌小，軟萌香甜。

可是……

「妳那室友穿32A的吧，妳穿34C的怎麼擠得下。」我又感受到一肚子星星之火，那個室友只不過是丟個垃圾給她，她也當成寶。

「哎喲，可是它很可愛啊，我室友叫我減肥，瘦下來就穿得下了。」

我不想再對低能發言發表評論，只能再翻個白眼。算了，四個奶就四個奶吧，反正她的造型也不會再更糟了。

善良限制了我的想像，時間證明了我的錯誤。我錯了，她還能更糟。

臨近聖誕節，客人們看著穿黑色貼身薄紗旗袍，挺著四個奶的小葵，再看她頭上違和到極致的聖誕帽，以及帽子也蓋不住的狗啃造型，嚇得下巴都拉不上。轉身就跟行政一通抱怨：

「每次來你們店，妹都可以醜出一個新高度欸，這個也太硬了吧，這種要碰我一下，應該是她要給我錢才對吧？」我被行政拉去救場的時候正好聽到客人這句話，後來他在包廂還重複了幾次給我聽。

我出了包廂才知道她的頭髮是被她室友抓著硬剪的，光從造型就完全可以想像那絕不是好意修頭髮失手，而是暴力地抓住亂剪一通，真正的霸凌。

「妳室友到底是妳的誰啊？憑什麼她可以這樣對妳？」不止我，休息室的眾多小姐也這樣問過她。

「她……她就是我室友啊，她還是我的經紀人耶，她說，我上班的錢都交給她，存滿一百萬就帶我去整型……」

「什麼？哇操這是哪門子經紀啊，妳多大的人了，存錢都有困難嗎？為什麼要讓一個室友使用妳的帳戶啊？」

小葵一派天真地搖頭：「不是存我的帳戶啊，是存她男友的。」

「……」休息室內一片死寂。

我的胸口一陣煩躁：「這樣妳還相信她是幫妳存錢？妳能不能蠢少一點？妳也不看看妳，哪怕每天只上一檯呢，妳連飯都還是吃人家的剩飯，妳至於嗎？錢是妳在賺，妳卻連飯都吃不起，這是搞什麼？」

小葵一臉委屈：「可是如果買了飯，交不出錢回去，她會不准我進家門的，進了還會被打……」

「臥槽這種鬼室友妳還要一起住啊，妳老實說，妳該不會喜歡那個室友吧？」畢竟這太匪夷所思了，只聽過小姐養男人被男人打，沒聽說小姐養女人還被打的，這說沒點不尋常的關係誰信呢？

「沒有啊，她有男朋友，我也有啊，妳們看。」小葵拿出一張媲美韓星的帥氣照片。「這個是我的男網友，他說到年底就會娶我，還寄了戒指給我。」她露出手指上戴著一看就是路邊五十塊一只的玩具戒指，陶醉地說。

「……」我跟同事們面面相覷，感受到這個世界對低能兒的深深惡意。

可是這裡是八大，不歸我們管的事情，再怎麼插手也沒用。

我不知道小葵的家庭出了什麼問題，她跟自己的母親講電話時，就像我對我的母親一樣充滿生疏和不耐，我有點訝異，原來小葵是會冷漠和不耐的，可是卻三句不離她的室友，幾乎是把她那室友的話奉為圭臬。

小葵說會被打不是假的，她沒幾天就帶著大片大片的瘀傷來上班，終於連她那雙筆直修長的腿都不忍卒睹。

我第一次看見那片瘀傷的時候，還以為她是去抽脂，沒想到同事居然告訴我那一定是她被室友打的。

「怎麼可能，我看過那室友的照片，小小一隻，怎麼看都不像能把姥姥打成這樣。」

「笨，姥姥不是說了嗎？還有她室友的男友啊，妳沒看那瘀青的形狀，那是球棒打出來的痕跡。」我同事夾著菸說。

「球棒？我就看見一大片烏青，妳怎麼知道？」

「我以前打過很多，呼。」她吐出一口白霧，捻熄菸頭的樣子活像燙在人家的手臂上。

「……」打過很多什麼？姐姐，這訊息量有點大，我有點怕。

大家都叫她別上班了，快去醫院驗傷還是備案。偏偏小葵就是不動，固執地說，這是她自己跌的，擦點藥過幾天就好了。

「呵呵，見過花錢養男人的，還沒見過花錢養室友的，還不是什麼關係。都不知道是喝了人家什麼符水，還幫她辯。」覺得心裡的某種負能量要爆發了，我反而不再一肚子氣，心底一片冷漠。

「就是，我怎麼就遇不到這種室友，賣屁股養我，給我打給我罵？」

「我說姥姥，妳缺不缺新室友啊？妳看我們怎麼樣？我們對妳多好啊，給妳飯吃給妳衣服穿，也沒有打過妳剪妳頭髮。」

「是啊，該換室友了吧，保證不覬覦妳那點可憐的檯錢。」

「妳們不要說了啦，我室友對我很好的。」從來沒有幫自己辯過一句的小葵，最後只能一直重複這句話，反駁每個說她室友不是的人。

「嘖。」眾人實在看不下去，啐了一口也就散了。

她說她室友就是她的經紀人，小葵本人也沒有要求助的意思，一般來說，小姐跟經紀人之間的相處模式不該由我們這些小姐置喙，我們也只能跟店長說，叫店長去聯絡她的經紀人，用她的瘀傷太過嚇人不好上檯為由叫她回去休息。

後來小葵就再沒有出現了，只是在許久之後，我聽說她到了別間店，算是比較偏遠的小店，基本上會在那上班的都是被經紀放棄的妹。她在那裡，仗著送S開始有不少人點，可是卻開始得靠跟同事借貸度日，搞得那間店的小姐們怨聲載道，小葵的風評每況愈下。

時至今日，我還是不知道到底發生了什麼事讓小葵對她的室友死心塌地，但對她我還是那句話：哀其不幸，怒其不爭。什麼都可以忍，就是不能忍笨的。

我還是不喜歡她。

#03 紫陽

紫陽是我大學生活時交到的第一個朋友，她皮膚白，大眼睛，身材嬌小微肉，剪著當時小女生最流行的厚馬桶蓋瀏海。那時是她先主動找我攀談，是個很熱心誠懇的小女生。就像許多剛上大學的小女孩一樣，她有著一股熱情和天真，迫切地想要探索新的生活和環境。

她也是個很要求生活品質的人，學生宿舍租的是一間有管理室的花園大廈。人還沒到她房間就可以聞到精油熏香、也很寬敞乾淨，不過總是堆著很多新奇古怪的東西。比如據說可以逼出身體油脂的浴盆、直銷最盛行的高蛋白奶昔、美容器材小物等等……

跟時髦開朗的她一比，大學時期的我簡直是個小老太婆。不追求流行、也不太要求精美的生活品質、個性較內斂、對社交聯誼沒有興趣，滿心往錢眼兒鑽。有空就是打工，出門都在為生活奔波。

她聽我說過一些關於我的家庭背景，或許因為如此，她很自然地總想拉我一把。聯誼想帶上我、帶我去直銷分享會、被當的時候替我補習微積分、介紹各種打黑工的機會給一度沒身分證的我……

雖然我不是很擅長應付過於熱情的人，但我對她還是相當感激的。關於她個性跟人生觀與我不是很合這件事，自然而然就被我忽略了。

我覺得她是我生命中的貴人，主要是她夠熱情自信，對於未知的領域也有勇氣跨出去嘗試，會帶著我開拓眼界，涉足一些我自己根本不會去參一腳的世界。

但我並沒跟她成為莫逆之交……大概是我性格疏離，所以一直跟對方保持著似有若無的聯繫。那個時期我的重心就是三個：賺錢、減肥，還有減了肥賺更多錢。

我剛畢業在義大利麵店當職的時候，她也北上了。有天她在我工作的空班時來找我，我見到她的時候，她正穿著某間連鎖房仲的套裝制服，熱情地跟我介紹：

「妳現在的工作錢很少、很辛苦吧？要不要跟我一起來當房仲？就算是沒有業績的新人，一個月也有五萬哦，還會補貼房租呢！」

「嗯……可是我現在的工作才剛安定，就說要走似乎不太好吧？」

「涼圓妳就是人太好了啦，妳要為自己著想啊，是經營人家的店重要，還是經營自己的人生重要？」

「嗯……謝謝妳，我再考慮一陣子吧。」

還沒等我考慮出個五四三，下個月我就接到她的電話，說她不做了，台北市的租屋也退了，回桃園市發展。

「怎麼……不是說很好賺，新人一個月也有五萬嗎？」

「是啊，可是只能領三個月呀，這期間我每天都在熟悉路名，到處發傳單做報告，每天工作十六個小時，都睡不夠。這種工作我真的撐不住啦，太累了。」她說。

「這樣啊……」

就這樣過了幾年，我再次收到紫陽的聯絡莫約是在半套妹生涯的第二年左右。

「涼圓妳知道嗎，我要結婚了。」在電話中她開心地向我宣布。

「結婚？這麼突然？」

「對方是工程師啦，那種男人都沒見過女人的，很好釣，而且有時間賺錢沒時間花錢，正好我可以幫他花呀。要不要我也幫妳介紹一個？果然還是有人依靠比自己辛勤工作幸福得多吧？」

「啊……謝謝，不用了。我覺得現在的工作挺不錯的。」

我當然曉得工程師是怎樣的一群，那是我的大宗主要顧客呢……可是要以婚姻的名義賣屁股給客人，那還不如在公司打手槍呢，起碼賺到的錢都是我的，不怕他們跑。

再下一次見面又是半年後了，一樣是她打電話給我：「好久不見，明天有空嗎？我想去台北市拜狐仙，要不要順便一起吃飯呢？」

我當妹的時期會開始拜狐仙也是她帶我的。她告訴我那間是正廟，不一定要求客源，也可以求事業或桃花。

吃飯的時候我看著她，發現她……腫了不少，膚況也不是很好。反倒是她繞著我看了幾圈，直說我變瘦變漂亮了，比以前更加有氣質云云。

「妳這麼漂亮，現在在按摩店一定上得很好吧？是不是賺很多錢？」

「還好，一天四、五個吧，穩穩的，但也很競爭。」

「那個，涼圓啊。妳能不能，教我怎麼打手槍啊？」

「……蛤？」

「其實我最近，自己在桃園市開了個工，我自己找客人、自己做。」

「咦？不是正統的……按摩嗎？」

「自己開個工怎麼就不是正統按摩了？我是做正統按摩的啊。我廣告上有寫，因為有附照片了，不能接受客人打槍，客人來就是同意我做，要是到了才說要打槍要另外給我五百。一千八按一個小時、要脫就要加五百、要手工就要再給一千、要吹要S就是要外帶四小時去外面做、費用另計，我們正統按摩是不可以有色情的。」

「呃？手工、S、吹？正統按摩？加錢？」我突然發覺我對中文的理解還是太淺薄了，怎麼她說的每個字我都聽得懂，串起來完全不能理解。難道正統按摩不是指沒有加錢？沒有S？沒有吹？打槍費又是啥？被開一槍五百那我每天光看檯就賺不完啦還打個啥？再說……

「妳不是結婚了嗎？怎麼跑出來做這個，妳老公不反對嗎？」

「他呀，離婚了啊。」她若無其事的喝了口茶。「他以前對我很好，三餐外加午茶宵夜地伺候我，把我養肥以後，去外面又看上了比我瘦又比我漂亮的女人，反過來嫌棄我，一下子就被拐跑了。所以我現在一個人要負擔房貸和生活，得出來做事嘛。」

「……」我已經不知道該說什麼好，只好也跟著喝茶。那句叫什麼來著？成也好拐，敗也好拐？古人誠不我欺。

「那……要學打手槍是？」

「不是說了嘛，我做這個是正統按摩的。在桃園這一帶全都是外勞，只要妳是年輕的台灣妹，就叫做素質不錯哦。我這不是自誇的，是我的客人做過我之後去網路論壇寫的。

而且我也不介意客人在我按摩的時候摸個大腿什麼的，所以我很受歡迎哦，一天賺個兩萬不是問題的。可是要是客人要加值手工我就不行了，我只會正統按摩嘛，那種偏的手法我真的不擅長，客人都說不舒服。」

「可是，妳都結過婚啦？沒有幫先生打的經驗嗎？」

她搖頭。「怎麼可能有？我歷任男友和老公，我全都只負責躺著啊，做都交給他們，哪有在幫忙打的？」

「……」

「涼圓，妳要不要一起啊，聽妳剛才說一個客人才賺一千塊，五個一天也才五千啊。妳可以跟我一起做，妳什麼時候要上班不上班，都可以自己決定，又不用被抽成。妳又漂亮，要是打槍還可以收打槍費呢！」

「我覺得這樣不太好吧……」

「有什麼不好的，照片都貼在那，又沒騙人。會來就是能接受，當然不能換啊。上面也寫得很清楚，一千八就是正統按摩一小時，要別的服務就是要加錢。妳們台北那種十幾個妹一起看還全打走人的、或是想脫妳們底褲亂摸的，都是奧客吧？我們這邊客人素質才沒有那麼糟呢。」

「……不是，我是說，我在台北也有租屋，現在還不能退租……」

「噢，是嗎，那不勉強。對了，我能跟妳借兩千塊嗎？」

「？？？」借錢來得太快就像龍捲風，離不開暴風圈來不及逃。「妳剛不是說做一天就兩萬嗎？」

「唉，我要租套房、付房貸、還有兩個地方的水電瓦斯、買房的頭期也是跟我媽借的，她催得緊呢，我這邊暫時沒有錢付，眼看都要斷炊了。」

「……」

其實我不記得有沒有借她，照後來的劇情應該是有借也有還。那時候當小姐比較好賺，我就當聽了個不靠譜的奇聞。人家都說到沒錢吃飯的分上，之前幫過我許多也不是假的，若再選一次我可能也會借她這兩千當作還恩吧。

她後來好像也沒騰出時間找我學輕功，中間又是幾年沒聯絡，我幾乎都要忘記她的時候，她又找上我了。

彼時台北市的半套生意正在下坡，警察又連波的大抄，就連我這種最沒家累的都感受到莫大的經濟壓力，許多有配備的妹紛紛轉往套房或個工，可是我這樣的基本妹就沒這市場了。紫陽就是在這種青黃不接的時候找了過來。

「現在我自己在新竹開了間半套店，可是我自己只做純按摩，很缺半套小姐，妳要不要過來幫我的忙？一個客人抽一千五哦，只要做手工、上空就好了。我也不會要妳放棄在台北的生活，妳可以一個禮拜只來上幾天就好啦。」

「這幾天妳可以睡在店裡，反正包廂很多。這樣就不用來回奔波也不用花錢住宿。妳自己做得順的話，可以幫我推薦妳同事一起來做啊，待遇部分都可以談，我們很缺妹的，而且我開這間店也是希望可以幫助更多經濟有困難的女孩子。」

紫陽說的店就在高鐵新竹站的附近，是一片新規劃的地方，兩層樓的建築。她好像就住在二樓最大的包廂裡，裡面還是一樣有著濃郁的精油味道，包廂很少但布置很溫馨，還有兩台岩盤浴機。

最開始我自己上了幾週，客人雖然不多，但勝在抽成高。這附近的客人基本上都是工程師，客人的品質真的像紫陽說的，素質比台北市要高，也很客氣。

我一直記著她說想多幫助別的女生的話，在上了兩、三個禮拜覺得還可以之後，就私下帶了店裡認識的兩個長得不錯，但不知為何都坐冷板凳的妹去。希望她們能多賺一點。

我知道這樣是洗妹，在我們這行是很犯忌諱的。她們背後有別的經紀人，而我們去別間上，我們的經紀人都是不知情、更加沒得抽成的。我還有向梟哥簡短地交代兩句，說店休期間我可以暫時去老同學開的店幫忙，讓他不用擔心我的工作。但其他的都沒有多說，包括帶其他妹去別間店上班的事。

我雖然知道自己這樣做，萬一露餡了連梟哥都沒法幫我說話，但我更能理解一整晚沒有開檯，空坐在休息室擔心帳單的痛苦，更不要說現在大抄期間，連班都沒辦法上，坐吃山空的感覺。

只要我不抽經紀費，就算是守住了最後的仁義吧？我只是單純介紹了一個機會，沒有從中獲利，更加不是為了利益推別人下火坑。我只是……希望自己和大家能過得更好。

當然不能露餡是最重要的，我也就只帶了兩個為人還信得過的妹子。

我永遠也忘不了其中一個同事在第一天去上班後，領到一萬多元現金，激動得雙眼含淚，差點就要向我下跪。說這筆錢幫她很多，她本來連上半套店都賺不到錢已經憂鬱到快要自殺……我連忙從椅子上跳起來扶她，不然至少短壽十年。

虧得有這樣一筆收入，才緩解了我台北店休三個月的緊張。

雖然新竹的店也有一些小問題：比如那邊環境不錯，但我總是睡不好，惡夢連連、比如那邊的男行政時不時地騷擾我、想追我之類的讓我頗不舒服、女行政好像也不喜歡我，不知為何總從不同人口中聽到她在背後嚼我舌根。還有紫陽，基本上就在自己的房間裡閉門不出，根本不管事，只有深夜凌晨才會出來打掃、洗毛巾。

算了，反正這也不是我主要的工作，打工而已，面對這種職場也不是一天兩天，為了錢忍耐一點小事算什麼呢？

新竹除了我和我帶去的兩個妹，還有兩個小姐，也是基本妹。長得還算漂亮，不過尺度很小，聽說還不上空的。紫陽把服務價位分成：「純按摩」九十分鐘／一千八百元、「不上空／排毒按摩」六十分鐘／兩千五百元、「上空／排毒按摩」九十分鐘／三千兩百元……除此之外，還有完全養生會館路線的五行精油經絡按摩，兩小時四千八百元加上半小時的岩盤浴……

「貴？這樣哪裡貴呀？妳知道我們用的精油有多貴嗎？五行精油一小瓶可要三千五、岩盤浴機一台二十萬、還有各種紓壓按摩的專用儀器也是幾十萬起跳、妳們做一個客人我給妳們抽一千五、再加上這家店的租金，還有裝潢，這樣的價格根本就不貴啊。」紫陽對我的疑慮是這麼回答的。

本來，店是她的，客人也是她的，我根本不在意她要怎麼訂價，我該怎麼做就怎麼做，做完拿報酬閃人。

但顯然她不是這麼想。

「客人反應我們的訂價太高了，所以我決定改成九十分鐘兩千五，妳抽一千二。」一千五才沒領兩天，她就這麼說了。

「等等，我們說好的不是這樣吧？要調降抽成可以，但服務時間沒有變少啊？」

「那不然妳可以做一個小時，抽一千。」

「那不就跟台北市的抽成一樣，那我還特地來這幹嘛？」

她翻了個白眼：「妳可不可以體諒一下我經營店家的難處？妳知道我花了多少心血在維持這家店嗎？我應該有跟妳說過我們成本有多高吧？」

「所以說這就是營運成本太高的原因……」

「有意見妳可以不要用我們的器材和設備啊，妳去店外弄個帳篷做客人我就不管妳怎麼收費。」她的聲音驟然拔高了八度。

「……妳現在在公三小？」

「我不是只有請妳而已，我還請了兩個行政，結果他們一個比一個還懶，毛巾都是我在洗、打掃也是我在做、他們可以幹嘛？一天接不到十個客人，我以前當小姐自己約自己做，一天隨便都十個客人滿檯輕而易舉！妳知道那個女行政說妳什麼嗎，她說妳到處跟客人講台北市的店怎麼樣，想把我們客人洗到台北市去。

我都沒有理她，我記著的是妳當初借我兩千塊的恩情。我想報答妳才找妳來跟我一起賺錢，我不是請妳來領錢找我吵架的哦？

妳要是嫌錢少，也可以啊，從那兩個台北市妹的薪水抽經紀費，她們每做一個客人妳抽兩百。反正她們在台北做客人也是被經紀抽啊，給妳賺不是更好？」

「妳到底在說什麼？妳怎麼能讓我這麼做？」我不敢置信地瞪大眼睛。

「妳記得妳當初怎麼說的嗎？妳說想幫助更多為錢所困的女生，所以我才帶她們來。我現在抽她們的皮肉錢，妳知道我出去會被說得多難聽嗎？妳要是怕人家吃，當初就不要端那麼大盤的牛肉啊？陷我於不仁不義，就是妳報答我的方法？

我不是不能配合扣薪，但相對的我就做不了九十分鐘，我只是認為錢少那服務就要少一點，不是很合理嗎？」

她毫無邏輯自走炮一樣誰都打的對話終於也把我惹毛了。生平什麼都可以原諒就是不能原諒笨的。

「說穿了還不是妳自己要做那麼高又不合理的收費——妳要是想經營一家店難道不該開源節流——」

「我就是為了買所有我想買的東西才開店！我就是為了賺錢才開店！如果不能花錢，那我這麼辛苦有什麼意義——」

不知這是她的真心話還是氣話，但這聲尖叫真的讓我對這位「朋友」澈底心灰意冷，我突然不想再講了，我覺得她很陌生。

在沒有聯絡的那幾年裡她發生了什麼事。似乎也經過了不少風浪，類似她身無分文好不容易賺到兩千塊，放在口袋騎車裡還被風吹走、或者是在別家半套店當小姐被排擠欺負，所以藉酒澆愁邊喝酒邊上班……再不然就是初開店的時候同行不看好這間店、她四處也借不到錢周轉……之類的。

有些是從她口中碎念出來的、有些是她以前做過的客人告訴我的。

事已至此我也懶得解釋了，就當作是這樣吧，也省得我找藉口脫身。在紫陽去治好她的精神疾病前，我都不想再跟她說話。

我可以理解她的遭遇多令人同情、也令人崩潰，但體諒她不是我的工作。

「其實，妳收我們的經紀費沒有關係的。」臨走前，那個差點要跪我的同事輕聲對我說：「妳跟她的爭執我們在樓下都聽到了，如果妳是覺得錢太少的話——」

「這不是錢的問題，更不是妳的問題。」我握住她的手道：「如果妳決定要繼續留下來做事，自己要小心一點，雖然我是她的朋友，但是我也說不上話了。妳要小心她隨便改待遇，不能解決的話，隨時離開不用看我的面子。」

「但是菩薩說，她還會再來找妳的。」回了台北市後，為我補財庫的潘老師聽了我的話後這麼說。

「臥槽！別吧？她有神經病耶？」

「那不是神經病，她對自己的男朋友下符，讓這個男人拿了好幾百萬給她盤下那間店，每當那個男人不堪虧損想跟她分手的時候，她就加重符力，讓那個男人說不出口要分手。」

「她男朋友我見過一兩次，斯斯文文的看起來不善言詞，有點木訥……可是他們感情看起來還不錯啊，她說店面是他們合資的。」

「那種木訥感就是他在衝符力，他想分手的話說不出口，所以神情就有些呆滯。」

「這也是菩薩告訴你的嗎？」雖然潘老師是我跟紫陽交情尚好的時候介紹給她的，

不過我不認為潘老師會幫人家做下符這種事。

「不是，是我去她店裡看風水的時候，她自己告訴我的。」

「……」

「她店裡處處也都有下符，跟她意見不合的人也會被她下符。」

「……我嗎？可是我沒有想對她百依百順的意思，我還跟她吵架，一點都沒有什麼說不出口啊。」

「因為她給妳下的只是讓妳諸事不順的符，妳又不是她男友，續桃花的符比較貴啊。」潘老師雙手一攤，用看笨蛋的眼神看我。

「符力的反噬會影響她的精神和思維，當然，還有氣運，於是她做什麼都會不順……可以幫妳解符，但要是解了的話她反噬就會加重哦。」

「難怪我在那邊老做惡夢……那我還要去她那兒？菩薩覺得她來找我的話，我去會比較好嗎？」

「無可無不可啊。她那間店還有半年左右的氣運吧，反正妳留在台北市賺不到錢的話，可以在那邊賺點錢啊，沒必要跟錢過不去。她說什麼妳都別理她就得了。」

衝著潘老師那句話，果然過陣子，紫陽又來找我回去，就像之前的衝突都沒發生過一樣。我也去了，除了為錢，我就是想看看她是不是真的被反噬了，也看看我留在那裡的同事。

我那同事居然還在那幫忙，可能小姐太少了，她沒有條件不好，但是在小姐多的店她真的不顯眼。她本來就不是個高調的人，但在那間店，她簡直跟透明人一樣盡力把存在感降到最低。

表面上看不出紫陽有什麼變化，如果開始抽菸跟酗酒不算的話。

令我意外的是，那對男女行政和店家本來的兩位小姐，都不在了。

「他們吃裡扒外，女的對我說妳的壞話，想挑撥離間，所以我才會把妳趕走。實際上她才對客人說我的壞話、男的偷錢，我都發現了，帳好幾次都對不上。我那麼信任他們、對他們那麼好才給他們管店，薪水一個月還給到四萬多——他們居然恩將仇報！」

這次我聽著老師的話，不再多說什麼了。雖然我覺得事實不一定就她說的那樣，不久前我還是她口中跟客人亂嚼她舌根的賤人，如今就成了別人嚼舌根害她被挑撥離間的了。

啊不就怎麼講都是別人想害她，她都真心換絕情？

「我覺得妳朋友的精神狀況越來越不好了。」那同事跟我說道。「我都住在店裡，她有時候兩、三天不睡覺也不出門，有時候一睡就是一整天，還會喃喃自語……我都告訴自己要忍耐，等我不那麼缺錢就……」

「妳沒回來上班。我是說，台北市的。」我直視著她。「不跟台北市的經紀了嗎？」

「我……」

「她把妳洗走了，對吧。不透過我，妳現在自己跟她對接。」我深吸一口氣擠進胸膛，然後從鼻腔長嘆。

倒也不是什麼出人意料的事，畢竟有利可圖嘛。

我不認識她原本的經紀人，我也沒有在這過程中收益。我只是想幫忙。

但是，也不能說造成的傷害跟我沒有關係呢。

「自己好自為之。」這是我對那個同事說過的最後一句話，此後我再也沒有見過她。

在那之後，紫陽行為真的越來越詭異，公司的政策和消費制度也隨著她的心情一換再換，直到再也沒有客人上門。她索性請了裝潢公司來說要翻新，叫我去別間半套店上。

從她介紹她以前工作的店我才見識到，原來新竹的半套店才沒在玩她剝皮的那套，經濟實惠得很。不用預約，基本就送吹，加S只要加一千元，雖然都是些媽媽級的小姐。以我的條件去那邊，店家甚至說我一開始不送吹都沒關係，我還是天天滿檯加班。

不過我很敏感地捕捉到「一開始」關鍵字，只做了兩天就逃回台北市。回台北市的第一件事就是用通訊軟體跟紫陽再大吵一架。

她說我居心叵測，她說是那個女孩求她收留，她沒有洗妹，是那個女孩叫她對我說謊。她是無辜的。

我說：「妳是這個業界的人，妳很清楚規矩。妳又是我的朋友，妹是我帶來的。把她洗走，就是妳對我報兩千元之恩的方式？這陣子的待遇，把我丟到送吹的店，就是妳報答我的方式？那妳的報恩我是真的消受不起。還是妳覺得，這次把我弄回妳身邊，我就會帶更多的台北市的妹救妳的店？」

「再見了，朋友。」

那是我封鎖她之前，最後一句話。

#04 海棠

「梟哥，你說，我要不要去參加海棠的葬禮，去看她最後一面？」

「不要吧，去那種地方幹什麼。妳平時也沒跟她多好，豈不平白招穢氣？」

「可是……我就是覺得有些……怎麼說呢，好端端的一個人，就這麼沒了……」

「我知道，妳難接受。」梟哥捻著菸，深吸了一口再從肺裡吐出來。我毫不懷疑走過的路比我崎嶇數倍的經紀人，他對這種無力感的評判。

「真想去，我不會攔妳，但是我可以告訴妳，去了也不會比較好受。」梟哥倒了一杯剛泡好的茶，叩的一聲放到我眼前。「喝吧。」

「……」我曉得梟哥的茶葉都是好的，會覺得苦，一定是因為心情吧。

海棠是我當小姐時的一個同事，一看就是有用藥的。我從來沒見過一個人能瘦成她那樣，骨頭的細節都一清二楚，一百六十五公分的她可能還沒有四十公斤。她的左臂上有魚鱗紋身，只有割線的鱗片占滿整條手臂，她沒有完成紋身，所以那鱗片圖型在她身上有股說不上來的違和感。

我跟海棠並不是太好的交情，但是也沒有交惡，偶爾也會聊上個幾句。她人其實不壞，至少在我記憶所及是沒看過她嗑藥啦、鏘掉啦，還是情緒失控什麼的。她不是個話多的人，大部分時間都滿沉默，其實比起待在休息室，她比較常跑廁所，我猜那是拉K的關係。

雖然斷斷續續不一定待同一家店，不過總是過一陣子就會在店裡遇到，我一直以為我們的同事關係會一直持續下去，直到有天冰冰跟我說：

「涼圓妳知道嗎，海棠死了。」

「咳！」她講的時機太剛好，我一口飯卡在喉嚨吞不下吐不出來，差點沒哽死。

「妳剛……說什麼？」

「海棠，過世了。妳看這個。」冰冰把手機拿給我看，她的FB顯然是有海棠的好友，海棠的頭貼依舊，可是發文者自稱是她的阿姨。

各位朋友大家好，感謝大家對〇〇〇（海棠的本名）的照顧，這個帳號的主人已經在〇月〇日（約兩週前）因急病過世，但現在她的家人親友苦無資金能籌辦後事，希望看到這篇文的朋友，能慷慨解囊，捐出一點心意到×××-××××-×××××（帳戶），無論多少，我們都替海棠感謝您。

目前海棠的遺體停放在〇〇醫院的太平間，預計在〇月〇日舉辦追思會，希望想探望她的朋友可以跟〇〇聯絡，電話號碼：××××××××。

「什麼……」訊息量太大，我一時無法消化，都不知道該從哪裡提問。最後憋了半天還是最老套那句：「怎麼會這樣？」

「海棠過世前幾天有跟我聯絡。」冰冰說。

「她說她生理期來了七天，每天出血量都很大，所以去醫院檢查，赫然發現她子宮裡有一顆十四公分的肌瘤。」

「十四公分？」海棠瘦成那樣，腰都不曉得有沒有十四公分呢？好，沒十四是有點誇張，但真的很難想像她骨瘦如柴的身體裡裝得下那樣的東西。

「那是……癌症嗎？」

「不知道，可能是吧，醫生跟她說，如果動手術的話，她還有半年的壽命。她會那麼頻尿，也是因為肌瘤壓迫膀胱導致的。」

「那麼嚴重……她沒動手術嗎？就……就這麼回去了？」

「沒。醫生跟她約了隔兩天複診，可是她放了鴿子。就再也沒回去了。」

「為什麼？我不能理解⋯這麼嚴重的病⋯⋯」

「沒錢吧。」冰冰點了根菸，深深地吸了一口。

「海棠過世前的那段日子，好像連吃飯都是靠朋友接濟的。她朋友說，那天晚上吃完飯，她們在睡覺的時候，她突然感覺到床墊濕濕的，打開燈一看，整張床墊都被海棠的血浸透了⋯⋯海棠那時候已經失血過多昏迷，可能是子宮肌瘤破裂，人還在救護車上就沒氣了⋯⋯」

我想起那篇募款文。自從做了小姐以後，除了減肥，我再也沒有過過三餐不繼的日子。哪怕是我這樣的基本小姐呢，都不會做八大做到餓死，海棠⋯⋯也不是一個很要求生活水平的女人呢⋯⋯

「怎麼會⋯⋯」

怎麼會在八大混到食不果腹？怎麼會沒錢治病？醫院看她病重成這樣，怎麼會不留她，還有她的家人，怎麼會連幾萬塊最簡單的後事錢都籌不出來給她辦？怎麼會人都走兩星期了，還放在醫院的太平間呢⋯⋯

我沒有去參加海棠的告別式。我與她泛泛之交，見了她的家人都不曉得以什麼身分自介好，說我們是一起打手槍做妓的夥伴嗎？店裡其他人基本上也都沒去，說那邊畢竟是晦氣。

不過，還是有別的小姐去了，回來後很不屑地撇了撇嘴：

「海棠人都走了，我也實在不好說她的媽媽怎樣。可是我真的沒見過這麼敷衍、態度這麼差的。她媽跟她弟全程都在玩手機，一臉事不關己，棺材抬出去了都不知道，催她還一臉不耐煩，我看了心裡真的替海棠難過。」

「海棠賺的錢，好像都給她媽媽和她弟弟拿走了，她弟的學費都是她繳的，可是她弟也是全程玩手機。」冰冰接話說。

「雖然這麼講有點不好……不過在海棠過世前一兩個月，她好像生日吧，我們給她安排了一個生日趴。還好當時這麼做了，她高興得都哭了，說她這輩子第一次有人主動給她過生日。」小魚說。

「……」我什麼都說不上來，只覺得胸口堵得厲害，那股憋悶勁幾乎都漫上了嗓子眼。

「早知道就該對她再好一點。」豁達如我都忍不住產生這種幼稚的想法，明明我知道我跟她交情真的是一般般，如何能知道她私底下過得有多辛苦多掙扎，可是我還是，有了些想為她做什麼的衝動。

反正海棠過世後好一陣子，我的心情還是沒調適多好，自然去補財庫的時候也就和老師說了。

老師的表情突然變得有些凝重。他在紙上用紅筆寫了個「鬼」字。

「菩薩說，海棠是被帶走的。」老師說。

「祂讓我看見了一個畫面，她在救護車裡被人抓走了。那個，看起來不像是台灣人。」

「不像……台灣人？」我再次陷入怔愣。

「看起來像東南亞那邊的。我猜海棠可能去拜了什麼陰的……沒有還願。」

「和正神不同，妳們向正神祈求什麼，要是沒還願，正神頂多是笑笑而已，不會真的跟凡人計較。但是陰的就不同了……就算還願，祂們都可能要更多，何況敢不還願，祂們絕不會原諒。」

是啊，前段時間海棠明明上得不錯，才過多久竟然連吃飯錢都沒有，也難怪我當時這麼訝異。「要……怎麼不原諒法？」

「看情況吧，但妳靠祂們賺的是肯定通通要吐回去了，更多的就不確定了。祂們來討的時候，首先，妳的運勢會開始衰落，無論如何，妳怎麼樣都賺不到錢。健康也會被奪走，生病或意外也不在話下……再來，被鬼附身久了，性格會有變化，可能會變得很陰沉，或者很呆滯，甚至是暴躁易怒等等……最後，因為鬼是臭的，卡陰很嚴重的人，身上會散發出一股莫名的惡臭，到那個時候，其實就凶多吉少了。」

她身上有沒有惡臭我不知道，但我驀地想起我最後一次在店裡和海棠一起上班時，覺得她的確變得比往常更沉默，雖然本來話也不多，但只是打招呼還是會禮貌性地回或笑一下，要是看誰有困難，海棠也不是冷眼旁觀的類型。可是那次，我確定她有聽到我跟她打招呼，她卻視若無睹。

那個時候，我單純以為她又嗑藥了，還是心情不好，也沒往心裡去。

可是這麼一想，有很多事情的確很奇怪。根據我的經驗，要是檢查後發現是重大疾病或是急症，醫院怎麼可能不讓做任何治療，只說兩天後回診呢？想走沒那麼容易，輪番苦勸精神轟炸之外，不留院還得簽切結書的。都已經知道有十四公分的肌瘤存在了，難道醫生沒有想過破裂失血的可能嗎？

只是，現在想這些，都晚了。

我訥訥開口：「老師，像她那樣……被抓走的人，會到哪裡去呢？她能……就是，再輪迴什麼的嗎？」

「運氣好的話，還能進入枉死城，不然的話，只能在她熟悉的地方飄蕩吧。」老師說。

「那我能不能……」

「不能。」

「我都還沒說啊……」

「看妳那個臉就知道妳要幹嘛，幫她招魂去菩薩身邊淨修？」老師嘆氣。

「涼圓啊，這不是那麼簡單的。這不關妳的事，妳硬要插手，是要承擔她那份因果的，妳確定妳擔得了？」

「……」

「要我說的話，妳最好也別老念叨她了，等她聽見，來找妳，妳不會比較好過的。」

「……」

那天，我跟一隻鬥敗的犬一樣進了公司，迎面遇上了艾咪。

「涼圓涼圓，海棠來上班了耶。」艾咪不知道海棠的死訊，這麼跟我說。

「海棠？怎麼可能？」

「真的啊，我剛剛在更衣室看到她在換衣服，穿她平常那套紅色洋裝。妳們這幾天不是都在聊她嗎？我以為妳們有事找她。」

我的汗毛一根根地立起，老師的聲音在我腦海裡迴響：「只能在她熟悉的地方飄蕩吧。要我說的話，妳最好也別老念叨她了，等她聽見，來找妳。」

如果，真的害怕，也許我永遠不會再提起海棠。

可是知道她也許還在徘徊，我心裡第一個泛起的，竟然是某種說不清道不明的悲涼感。

我小時候一直相信，不管是再怎麼歹命的人，總一定有遇過什麼好事，一定有過人生中喜悅幸福的時刻，那跟不幸的事悲傷的心情，也許會是對等的量。直到這一刻，我突然發覺我終究還是太天真了。或許真的有人沒有對等地幸福過，她的家人不在乎，連她自己，可能也沒有替自己過過生日。

生的時候，沒有被在乎、被關心過，一生窮困潦倒。走的時候，也不會有人記得，好像白來了這世界一遭，甚至連死後都不得安寧，無人聞問。

她存在的義意，好像只是詮釋了八大版本的悲慘世界。

#05水仙

水仙，一個大家心中非常經典八大形象的女子。

我第一次見到水仙大概是在五年多前，那時候是半套護膚店最熱門的光景。

那是一個氣燄很高的女孩，長得很漂亮，大眼瓜子臉，健康小麥膚色、窈窕的身段，剛來就轟然成為店裡的頭牌之一，幹部爭相推薦。

真要說她什麼缺點，就屬她通身一股８＋９的氣息，休息時甚至會嚼著檳榔，講話也會自帶一股「幹」開頭「靠夭」結尾的痞氣。氣質什麼的，開口一剎那就蕩然無存。

「幹咧！那個４２６到底是沙小，老娘要撕床紙巾還故意搶在我前面，死臭婊，就他媽不要給恁祖媽逮到，不然我管他是不是在店裡照樣拆破伊A雞掰！」

「……」我默默地看著她口中罵罵咧咧的４２６，其實就在她五步不到的地方講電話，語速很急，可能在跟經紀人告狀之類。我在猜就是因為這樣所以水仙喊得特別大聲，就不怕事大。

這也是我第一次知道雞掰是可以拆破的。

因為是我不太擅長應付的類型，所以剛開始我不太跟她搭話。這麼想來，我也已經記不清楚是怎麼跟她開始接觸的。她可能是覺得像我這樣不煙不酒也不跟其他小姐對罵幹架的好寶寶很難得一見吧？看起來一派天真不知世事的樣子。

我在想可能是我太常發呆放空，一臉秀智商下限的單蠢模樣很討她歡心？反正當我意識到的時候，她已經時不時會來找我搭話了，雖然交情不深。我在她面前顯得相當唯唯諾諾，雖然我們年紀相差無幾，但那時候我感覺她是把我當作小妹妹一樣在照顧。

初識我的人都會覺得我是個文靜的女孩，而水仙就顯得特別活潑。水仙在台北市待得時間很長，據她說法，她從十六歲就下海陪酒。自那之後，家人都靠她賺錢，就算有工作也都做不長久，妹妹也拿她的皮肉錢念書成才，甚至她還有一個女兒也過著衣食無缺的日子。

「所以齁，老娘就是要賺錢啦，做這個沒有別的，就是狠狠地撈就對了。」她這麼說。

「可是那也不至於一個客人才做十七分鐘吧……他剛超生氣地把錢丟在櫃檯上耶。」

「那是老娘衰小被逮到了啦，幹，早點出來才可以早點接下一檯，懂嗎？老娘又不會按摩，他爽都爽完了還不快滾。欸，幹，這裡沒比酒店好賺耶。

沒差啦反正就這一陣子，我之後還是要回酒店上班，我會讓大家知道，我魏水仙在台北市就是橫著走的啦！」

「……」我默默地想起她上回騎車的確是橫著飆S形的，要多狂有多狂……如果後面兩輛警車緊追其後不算的話。

後來因為發生了很多事，我被經紀人帶離了那家店，合作上有越來越多的不愉快和安全顧慮，就連不喜改變的我也不得不開始認真思考換經紀人的事。

可是，誰會收我呢？

固然當小姐的時候認識了幾個不錯的經紀，可是我認識的人，我前經紀人也認識。他們是業界有名的小人，隨便放個風聲說人家洗小姐就夠喝一壺的了，好的經紀人不會為了我去得罪這樣的人。

就在我一籌莫展的時候，是水仙的電話救了我。

「不然我叫梟哥想辦法吧。」

「梟哥？誰？」

「妳傻啦，他之前每天都來店裡聊天，就坐在外面，妳都不認識哦？」

「他是坐外面又不是坐休息室……」

「也就妳這種臭宅才受得了跟那些死婊子呼吸同一間空氣啦！反正我幫妳安排跟他見面，記得裝可憐一點，他應該會有辦法。」

因為她豐富的八大資歷，在店裡認識的老闆和幹部也特別多，水仙沒有上檯的時候，會特別花時間和他們聊天套交情，和死宅在休息室的我完全不同。也因此我才成功地擺脫前任經紀，不過自那之後，我卻有很長一段時間沒有再見到水仙。

八大的人際關係就是這樣，每個人都浮浮沉沉，來來去去，習慣也就好了。再說我還是能從臉書上得到水仙最近的消息。

開頭的前半年偶爾還會電話聯絡。我才知道水仙一直沒有離婚，她跟她的老公十幾歲就認識，年輕時她老公是藥頭，她還是死心塌地跟著他。雖然他賣藥，但是當他第一次發現水仙嗑藥的時候，他狠狠甩了她一巴掌，把她的藥通通沖進馬桶。那是他唯一一次對她動手。

「隔天他就去自首了，很好笑吧？他說因為他不能忍受自己的老婆小孩以後也嗑藥才去自首……媽的耍什麼帥，蹲死他最好。幹，不愧是我魏水仙肯幫他生孩子的男人。八年了……他終於出獄了。」

「他前陣子來逼我跟我男朋友分手，因為我男朋友是計程車司機，沒啥賺頭不說還要我接濟，甚至還讓我嗑藥。我老公給了他一拳，然後跟我說：『玩夠了沒有，玩夠了就跟我回家。』真操他媽帥。哈哈哈，我跟那男人還真的只是玩玩而已，但是我和我老公可是糾纏了一輩子。」

「我老公在牢裡學了大理石雕刻，出來收入還不錯，以後可能就做這行了。他說不會讓我一個人養女兒，這樣一來，我也就輕鬆多了，家裡的人工作了穩定下來，我妹也畢業了，我只要養活我自己就好，我看我上岸隨便找份工作好了。」

不得不說我當時聽得好感動，覺得這真是令人動容的故事，再由水仙一分心酸、兩分釋然、三分滄桑的語氣說出，聽了心裡都說不出的酸脹。不過還好，這樣的水仙和她老公，終於可以迎接一個完整的家庭，完全地脫離八大。

那時候的我真的太小看命運這玩意兒了。

自那之後偶爾會看到水仙的臉書貼文，無非就是抱怨薪水少、老闆機車、工時又長又累，又受委屈，她不是不肯吃苦，而是不願為五斗米折腰等等……相繼換了幾份工作之後，她就沒有再更新了。

大約又過了半年多，某天的休假日，我突然接到她的電話。

「妳在幹嘛？」

「在家，躺著。」

「幹，死臭宅，妳就是這樣才會越來越胖，出來，我請妳吃宵夜。」

「出門吃宵夜比在家躺著還不胖嗎？」

「靠夭哦！妳是要不要來，請妳吃牛排還嘰嘰歪歪的，算了啦，我就知道自從妳有了梟哥就不把我放在眼裡，都忘記當初是我幫妳牽的線了，不然妳現在能悠閒地在家裡躺著嗎？啊？」

「……好啦！我去就是了……」

在餐敘之中，我才知道這半年多她是回了酒店，但不是台北市的，而是澳門賭場。

那時國外的酒店很盛行，但凡姿色較佳的都會去，諸如澳門、香港、深圳、甚至澳洲、美國……尺度大的甚至會去日本做風俗業。

「妳不行啦，那邊的妹都很正。而且去那邊誰跟妳搞什麼不接S的。就算是我，一週上四天班，都還會有一天摃龜，那邊要看上真的憑運氣，要挑個醜的多難啊。」

「……」被批得體無完膚的我，只能捂著膝蓋默默嚼著牛排。

「不過也賺很多，我沒槓龜的日子，算算一檔就三天，這三天賺下來比妳在半套店賺一個月都多。」

「為什麼要回酒店？妳老公呢？」

「幹，別跟我提他，我跟他離婚了，那個男人居然想搶我女兒監護權，賤人！這八年來我女兒就是我的命，我怎麼教育她輪得到那男人來說嘴嗎？媽的有本事別去坐牢好好盡老爸的義務，現在出來才給我擺臉色，操他媽的，當我魏水仙是什麼，沒有他那點錢我照樣過得很好！」她恨恨地抽了一口煙。

「妳知道，我十六歲就出來賣，這幾年也認識了不少小姐，她們看我賺得多，也打算跟我一起去，我打算乾脆做小姐兼經紀人，下一站應該就是去珠海了吧。這次跟妳出來吃飯，下次見面至少也半年後了。」她這麼說著，結完了帳，把零錢丟給我。

「拿著，老娘不拿零錢，做什麼行業就要有什麼樣子，知道嗎？當小姐，就不要再執著於小錢了。」她看著我說道。

執著於小錢的小姐我，收好手上那幾十塊銅板，說：「可是，這樣不會太辛苦嗎，再說這樣妳不也陪不了妳女兒？我覺得只要能稍微省吃儉用，如果只要養活妳和女兒的話，還是……」

水仙抬手制止了我未竟的話語：「我可以過那樣的日子，但我不知道我去過那種日子有什麼意義，我也不曉得我在那裡幹嘛。在這裡，我才有方向，知道自己要做什麼，才有種『事業』一樣的感覺，懂嗎？我之前只是在浪費時間。

女兒讓我媽去顧就好了，反正我以前在酒店上班她們也是這樣過來的，比起我，她跟我媽還比較親，對她們來說我只要會給錢就夠了。反正我媽那工作也賺不了幾個錢，大不了我來養她們。」

她神情淡漠，夾著菸的手指卻微微地顫抖，手腕上縱橫交錯的刀疤在煙霧中反而更加醒目。

日子就這樣又過了一年多，又是某一天，我接到了水仙的電話，她說她交了新男友，她男友又有個麻吉，是個老實人，跟臭宅的我很搭，要介紹給我認識，叫我去她家吃飯。

其實我並不想去，但是我的異議在她面前總是很薄弱，加上這時候她就會搬出慣常的那一套：「我介紹妳跟梟哥認識，你們熟了現在就把我撇在一旁。」來討人情，我也只好硬著頭皮答應。

但是到了約定的日子，我打扮妥善卻在寒風中等了兩個小時她都失聯，我整個爆氣，餓著肚子回家，自己吃飯的時候，她才打電話來說她最近帶小姐壓力太大，吃了安眠藥才昏睡不醒，叭啦叭啦……

「妳吃我那麼多次宵夜，才放鳥妳一次就生氣了哦？欸，我下星期要轉戰美國，妳真的不來跟我吃飯餞別哦？」

「我氣飽了，謝謝。」本來我還沒那麼生氣，一聽她不當回事的調笑語氣還就真生氣了。馬上掛斷她的電話，她奪命連環叩我就直接拉黑封鎖，想著等我氣消再解。

隔天我餘怒未消地向梟哥提到她放鳥我的事，梟哥捻著菸說：「妳不要理她就好了，水仙跟妳本來就不同世界的人啊。就算她拿那麼久以前的往事壓妳，妳也可以不要理會，實際上她又沒出什麼力。」

「可是她人還是不錯的啊，平常對我也滿好……」

他的表情變的嚴肅起來：「請妳吃宵夜就叫好？反正妳不要跟她走太近啦，她在台北市是有名的胡鬧，領走經紀人的經紀費、上班第一天就和小姐打起來、最近更聽說連『冰塊』都吃，妳還是少跟她混一塊。」

現在想起來，或許我多少還是有點遺憾的，如果我知道那一頓真是她的餞別飯，或許再等兩小時我都會去吃。

放鳥事件後還不到一個禮拜，水仙就過世了。

當我看到她臉書貼文裡寫著：我要的只是陪伴！如果所謂的感情只是憐憫我，寧願不要，我真的好累，不想再繼續下去了。我要睡了，希望永遠不要醒，你們這次誰都不要來救我。

下面一排「妳怎麼了」、「不要做傻事」、「快接電話」的留言都沒有被回覆。

本來我還不當回事，水仙看我像天真的小妹妹，殊不知我看她才像8＋9國中女生，哪個國中女生沒有寫過類似的厭世文，最後還不是活蹦亂跳的，我認為會嚷嚷要死給大家看的，一定都不是真心想死的。

再說，那個氣焰囂張的水仙耶，天塌下來都好像可以打回去的水仙耶，她會自殺？她和糾纏一生的老公切的時候都不見一絲失意，怎麼看也不像會為了感情低頭認輸的人呀。

可是我忘了，不真心想死的自殺也是有可能成功的。

也許是大量的毒品和大量的安眠藥交互作用，隔天，帳號還是水仙的，發文的人卻自稱是她的母親。訃文比海棠的還要簡單，只說了謝謝大家的關心，但是水仙很不幸地搶救無效，已於○月○日上午○點過世了，希望大家暫時不要打擾他們家裡治喪，也不要告訴水仙的女兒她的死訊，她還不知道。

可能是過於震驚了，我第一時間居然是空白的，什麼感覺也沒。

我毅然決然地踏上去。讓那些長長的怪手爬上我的腳踝、撕開我的衣服、那一條條的舌頭舔舐我的嘴唇和皮膚，甚至私處。而我只是握緊那些陽具，站穩，往前走。姿態難看了點，但穩，能過橋。**只要不要掉下去被刺穿，怎樣都好。「做了，就輸了。」**

大辣官網　　臉書粉專

《手槍女王》© 涼圓｜插畫／水晶孔 Crystal Kung ｜大辣出版 2021

HANDJOB QUEEN

其實論我跟水仙的交情，說是兔死狐悲都勉強，畢竟就像梟哥說的，我們完全是不同世界的人。但回想起她跟我說過的話和故事，卻又都記憶猶新。

連死法都很八大經典的水仙，我想，她真正的人生，一定比我所描寫的，甚至比我自己都更加傳奇和迴異吧，雖然，都結束了。

最後她留給我的，只剩下滿滿的悵然。

#06蓮兒與阿雕

阿雕是一個外表很光鮮的年輕男人，我認識他的時候，他實際三十出頭，但是茶金色的頭髮、低調的名牌皮帶、潮牌T恤和牛仔褲，掛在腰帶上的金屬鏈扣，硬是把他的視覺年齡壓到二十多歲，五官外型酷似周杰倫。

雖然我個人認為他平常就偏好這樣的打扮，不過不否認他這樣的姿態的確更貼近年輕妹妹們，更容易和小姐們打成一片。

阿雕是我第一間店認識的行政，據說從十幾年前的「卡店」在G市流行的時候就混這行了。

做為行政，阿雕其實滿合格的，夠油條，應付客人、話術、推妹都不在話下。但必要的時候也凶得起來，先不提我個人對他的感覺，和他一起上班是滿可靠的。但不知道為什麼，我跟他熟絡不起來，當然也沒有矛盾，偶爾開開小玩笑但就真的是點頭之交。

很多年之後我聽人說起，才知道他當初其實滿討厭我的，問他原因他也說不上來，就說我給他的感覺怪怪的。不過我聽完倒是滿感激的，明明不喜歡我卻絲毫不露地和我共事三年，足見這人的市儈和圓滑。託他的福，我也沒覺得不自在過。

因為我跟他不熟，所以其實我對他的事並不知之甚詳，但我知道他也是有在玩藥的人。該怎麼說呢……我並沒有看過像以前教育宣導片那樣，人毒癮犯時那種瘋癲勁，包括阿雕，他們都很冷靜地說，抽抽K菸什麼的只是玩玩，不會成癮，用量也不會大。

的確我跟他共事的感覺也算穩妥，至少他一直給我一個三觀正常的感覺。

可能做半套店的年輕男行政就是免不了和店裡的小姐勾勾搭搭吧，調笑什麼是一定有的。就我所知，有些店是明文規定不能和小姐交往或是消費自己店裡的小姐……當然上有政策下有對策，但我見過的半套店辦公室戀情就沒有修成正果的。

阿雕和蓮兒就是一個。

蓮兒是我初入行時認識的小姐，那時候她只是個大學生。她嬌小可愛，打扮也喜歡走日韓系，帶點公主風的氣質，蓮兒這樣青春可愛的小姑娘，在當時剛起步的半套店可說是斬男無數，簡直是公司裡的大紅牌，多少人捧著錢求她賣他們那一個鐘。

這樣的蓮兒的確也是公司的掌上明珠，寵得無法無天，我第一次看見小姐出班叫行政去整包的，然後行政還涎著臉對她點頭哈腰給她倒茶招呼。

我一直以為這樣公主般驕矜的女孩看得上的必然是天之驕子，哪知道她就跟阿雕在一起了，已在小姐間傳得沸沸揚揚後我才知道。

「很明顯啊，妳看不出來嗎，阿離還幫蓮兒領薪水呢。他們還一起住，有次我在蓮兒租的大廈樓下看到他們在接吻。」早班的行政姐姐這樣說。

我自己其實滿晚熟的，對於職場上的人事也不太敏感，不求甚解，聽到這麼有爆炸性、資訊量又大的消息，都不知道要先驚訝、還是先驚嚇，最後木著臉憋了半天，好容易才憋出一句：「哇……職場戀愛不容易啊，連賺多少都會被對方知道，好沒安全感啊。還幫她領錢什麼的……」

行政姐姐：「……」

嗯，比起感情何去何從和風言風語，我還是比較在乎金流的。和行政交往這種事我仍難以理解：和男友一起上班，他和別的妹調笑的時候，妳可能正在幫別的男人手淫、口交或那啥，然後兩人手牽手花妳的賣身錢，妳還沒法暗槓，這心裡能不彆扭嗎？

別跟我說阿離也在上班。行政這種東西簡單來說跟苦力沒什麼兩樣，賺的還沒工地多，公司不正派的還會拖欠薪水。再加上阿離和蓮兒都是對生活水準有要求的人，他那點微薄的收入，可能連蓮兒的伙食費都負擔不起。

有天蓮兒問我：「如果有個人，今天跟妳借五千，明天還妳兩千，後天又跟妳借五千……妳會怎麼辦？」

「一千塊，不可能再多。要不回來就當拿一千塊買他人格了。」
「……」蓮兒似乎被我的理直氣壯給震驚了，久久不能言語。
「……是阿雕嗎？」
「嗯。」
「我不太明白，他不是跟妳一起住嗎，為什麼要一天三、五千的借呀？」
「買K啊……我也勸過他好幾次，可是沒有用。吵也吵過、鬧也鬧過了。」
「那還跟他在一起啊？」我搔搔臉頰，覺得困惑不已。「我從以前就想問，妳怎麼會跟他這樣的……也不是說他不好啦，就是感覺不太像妳喜歡的類型……」
「我也不知道。」蓮兒苦笑。
「本來也沒有多喜歡他，可是不知不覺間就越來越在乎他了，但是我感覺得出來，他只是為了錢才跟我在一起。但想說分手吧，我自己又捨不得。」
「……」體會過那種感覺，我懂，所以沒話說。
只是看不出來蓮兒這麼心高氣傲的女生，居然能大方承認阿雕只是看上她的錢。
話說蓮兒哪裡不好啊？除了驕縱一點，蓮兒明明要外型有外型、要錢有錢、要顏值有顏值、又年輕……啊，是不是因為她沒胸啊。（失禮）

為什麼阿離會不喜歡她呢？明明兩人條件蓮兒比阿離好太多，居然是阿離在拿翹。從蓮兒臉上黯然的表情，總覺得她似乎已經做好分手的心理準備。後來，果然沒多久，他們分手了。

「就那樣吧，我覺得我們退回普通朋友之後，關係反而比較好了。」她說。

我們明明都在台北市活動，作息也雷同，卻沒有再見到過，或許就像阿離說的，我跟他真的不對盤。我最後一次見到阿離，是在公司附近的麥當勞前。他和一群看起來就是非善類的人圍在一起，抽著菸，不知道是等人還是談天。

我確定我和他的視線有對上，本來還想因著過去共事的情分打聲招呼，但手才剛要舉起，就見他偏過頭，轉過身，一臉不認識我的樣子，表情非常冷峻。於是我也就放下手，默默地經過了。

雖然是莫須有的原因，但畢竟他本來就不喜歡我，再說八大人之間的關係的確就是這樣流於表面，要是每個冷淡的反應都要耿耿於懷，光憂鬱症就夠我自殺一百次。

在這個時代，粗大的神經才是快樂的泉源。

就這樣又過了數個月，某天又是忙碌的星期五。深夜兩點，在我出班回休息室時，被一同事撞個正著。她抓著電話，情緒崩潰地哭叫著什麼，衝向櫃檯，上班的衣服換下來都沒來得及收，丟在地上。

「鈴蘭怎麼了？」

「她說她朋友死掉了……她要趕往命案現場。」

「什麼，屁啦妳說真還假的？」我第一時間還以為人家跟我開玩笑。

「真的啦，好像被男朋友殺死了。」

「聽說也是小姐……夭壽哦，真的是缺德。」

「真的假的……誰呀，是我們認識的小姐嗎？」

「不知道，別間店的，好像就跟鈴蘭比較好而已……」

「啊！那個男的呢？抓到了嗎？」

「還沒啊，不知道逃到哪裡。」

「好可怕，應該還在台北市吧，我看我們下班一起回家？」

「有什麼好怕的，像那種男人，才要祈禱不要落在我手上吧，不然我一定給他好看，垃圾！」

我隔天才知道我說要給他好看的男人，就是阿雛。

大概是見識過他跟蓮兒的感情，我真的以為跟小姐交往的阿雕就是為了錢，從來沒有想過他可能會動真感情。

後來幾天，電視和報紙報導了好一陣，女方和阿雕談判分手不成，阿雕一時情緒失控，在他們的租屋處，用枕頭悶死了女友。

監視器拍到他在案發後投宿旅館的畫面，但警方破門而入後，只看到阿雕喝下清潔劑自盡而亡的遺體。

「怎麼會……他平常完全不是這樣的人啊，殺人什麼的……我甚至覺得他的三觀比很多客人都正常呢？」

「哼，說嗑藥的人三觀正常？妳腦袋才真的有問題吧，妳以為每個人都跟妳一樣活得無憂無慮、沒心沒肺的？」梟哥用力吸了一口菸，伴隨煙霧呼出的，似是嘆息。

「就只能去死了啊，那樣的人，活著有什麼用、有誰敢用？殺人哪、就算是八大，也不會有任何組織會收留阿雕這樣的人，活著他也混不下去了。不要相信什麼偶爾玩一下藥不會有事，我看過那麼多用藥的人，沒見過哪個真的有他們嘴上說的那樣，說斷就斷的。」他說。

那個時候的我，竟也覺得他說得有道理，與其活著蹲苦窯、賠錢、讓人一輩子戳脊梁骨罵，不如陪葬，死了還輕鬆。

我不確定阿雕在天之靈會不會希望我把這篇文寫下來，替他記得這些事情。雖然都不算是愉快的回憶，但我覺得，寫這篇文也不是只為了他，更為了記錄一些刻劃在我心裡、和這個行業角落的故事。

我只希望在他們的色彩，在被我生活瑣碎和新的記憶堆疊磨滅以前，能夠描繪出來，讓他們鮮活些地活在某些地方。我相信故事是有魔力的，它們是前人用生命演繹的歷史，是某種指標。

也許你會覺得八大行業的故事很虛幻，離你很遙遠，但是誰曉得呢？我們是社會的陰暗面，卻也跟社會一體不可分割，只是活在「正面」的眼睛，如何能看到「背面」的生活？

就像雖然我活在背光面，卻也從沒想過殺人與自殺等等的東西離自己那麼近一樣。

我曾經也看了很多故事，引以為鑑，所以才能趨吉避凶，在八大這條坑坑窪窪的泥巴路上一路平順。

如果，寫這些不愉快的故事，可以改變某些不愉快的結局，那就好了。

第4節

漂鳥集

涼圓入行近十年，曾被問過服務過的對象有多少，以一天五、六個來算，週休二日，少說也有一萬多隻鳥。這麼多形色的客人，奇葩的客人不少，各種性癖也是難不倒她，帶著職人服務的精神，兢兢業業地滿足每一位的需求。

#01奇葩

畢竟是龍蛇混雜的地方，客人從十六歲（還非常難處理）到八十歲、從通緝犯到大老闆、從秒射快槍到金槍不倒、再從擎天崗到定海針……可以說是無奇不有。

就因如此，能在我過目即忘的紅塵路上，留下濃墨重彩的一筆，我都希望能寫下來跟大家分享。如果你有去過半套店，會發現很多時候包廂裡的小姐也只個普通女孩；而包廂裡的客人，很多時候也只是可愛的大男孩，不管他們幾歲。

1.工程師

我相信性愛是有療癒能力的，不只是快感，有時候還有一個人的體溫，或是說幾句暖心的話。對方不用知道得太多，多數的人也只是想聽到一句：辛苦了，你很努力了。

當然一開始我還不明白這些，那時我是個剛入行不久的新人，遇過一個這樣的客人。

他很瘦弱，半駝著背，看著很年輕，但卻帶著一股暮氣沉沉的疲倦。他從頭到尾沒和我說話，按摩的時候他全程是睡死的。基於敬業精神，後半段我還是把他搖醒，幫他手工。

那位客人是醒了，不過很嚇人。他臉色灰敗，眼睛除了瞳孔沒有一點白，全被血絲占滿了。不過好在還能硬，於是我不管不顧地幫他打了出來。

然後可怕的事發生了，那個男人就在射出的一瞬間，隨著短暫地呻吟：「啊、啊……」

——頭一歪就失去意識了。

「靠么……」可憐當時還是個新妹的我，簡直嚇壞了，難道這就是傳說中的馬上風？我要怎麼向法官解釋？這算不算業務過失致死？現在怎麼辦？

我費了好大的勁把他搖醒，怕他出意外，還幫著服侍他穿衣服……他醒來以後氣色還是不好，但起碼看著是有點精神了。

我小心翼翼地問他：「你是做什麼的呢？」

男人答道：「工程師。」

我又問：「那你都這麼累了，為什麼還要來……交功課呢？這樣不是更累嗎？」

他嘆道：「妳不懂。就是累才要來。」

我後來花了很多年才了解，療癒是種藝術，對男人而言更是。

2. 神手

有時候難免會遇見很難打的客人，相信我，他們自己都很無奈。萬一這男人又是外貌協會的，那更是難上加難了。

「不是我在說，就算我自己來最起碼也要二十分鐘。小姐再漂亮、配合度再高最快也就是這樣了，更不要說不漂亮或配合度不好，直接就別想射了。」那位又挑又難打的客人說道。

我：「所以你從來沒遇過二十分鐘以下的紀錄？」

客：「……不是哦。只有那麼一次。那次我開車，朋友指路，開了很久，從台北市開到新竹。具體是開到新竹哪裡已經不記得了，反正在我們台北市人眼裡，看哪都是鄉下。在我感覺那也不算店，就是間鐵皮屋。門一打開，歐買嘎，全是那種四十幾歲的歐巴桑，還不是志玲姐姐那樣的四十幾哦，是那種一看孩子都不知道生幾打、臉垂奶垂肚子垂屁股垂，什麼都垂的姐姐。嚇得我直接就把門關上。

還是我朋友苦口婆心地勸我『啊~不要這樣啦，怎麼說也開了這麼久的車，你就當被我騙一次試試嘛。我會帶你來不可能沒原因啊！叭啦叭啦……』勸了半天我才進店。可是我真的很挑啊，二十幾歲的年輕貌美小姐都要那麼久了，這種的我真的……硬不起來。於是我就跟姐姐說，『不好意思我可能要很久。』姐姐聽了大驚失色：『什麼？要很久？多久？五分鐘嗎？』她說：『五分鐘對姐姐來說算久了！』」

我也大驚失色，而後問道，「所以你真的五分鐘被她解決嗎？」

「哪能啊！」客人一擺手。「——我一分鐘就被她解決了其實。」

當時我大約是太震驚了就脫口而出：「一分鐘？那簡直瑪莎拉蒂啊！你還記不記得她怎麼弄的，教教我吧，不然地址給我，讓我拜師學藝也好啊？」

有那樣的技術，別說四十歲，別說哪兒哪兒垂了，總會有想紓解又太久又怕累的客人跪求的，根本不用擔心退休問題啊！

「可惜實在太快了，又沒有心理準備。我根本人還在狀況外就被弄射了，根本不知道怎麼回事。再說那地方那麼偏僻，也不會想再去啊。」客人嘆道。

不知為何，他那樣的說法更讓我有種「果然高手都藏在仙山之中，非有緣人不能得見」的神往，我至今未曾忘懷。

3.粉紅屌

精蟲上腦的男人說話是沒有智商可言的，他們可以說出同為男人聽了都覺得丟臉的說詞，比如：

「妳不跟我做是不是因為覺得我不夠帥？」不，我只是嫌棄你窮到連錢都不提。

「妳跟〇〇小姐感情不錯吧，上次她有免費幫我吹，身為好姐妹，妳是不是也該免費幫我吹？」那你爸幹你媽，身為好父子你是不是也該幹你媽？

「我是真的很想跟妳做，可是我現在沒帶錢，不然妳銀行帳號給我，做完我明天匯給妳。」……你怎麼不說我銀行帳號給你，你匯完錢再來找我？

我聽過最幽默的幹話騙術，出自一個五十多歲、發福凸肚禿頭的客人口中。之所以最厲害，並不是因為他那話術能成功，而是他說出口的內容，臉皮厚度的要求高到難以想像。

客：「難道妳看到我的老二，都不會想坐上來嗎？」

我：「……蛤？」

客：「老二啊！妳不覺得我的老二長得很漂亮嗎？」

我：「……」

客：「粉紅色的、形狀優美、大小又剛好。」

我：「……」

客：「多少小姐搶著要坐上來我都不給她們坐，要是弄髒了怎麼辦？」

我：「……」

客：「所以說，妳看到我的老二，都不會想坐上來嗎？」

「……咳。」大哥，原來你不知道我不回話是給你面子嗎？

被連番逼問，我只好秉持敬業的精神，露出甜美的笑容答道：「哇～您這麼一說，果真是好美的老二啊。我覺得這麼漂亮的粉紅屌不能只有我看到，不然我幫您拔下來送給博物館參展吧？」

勸你不要小看平常被連篇幹話洗禮鍛鍊過的小姐哦。

4. 處女情結

不得不說台男多少還是很有處女情結的，而且我發現通常越是放浪不羈越是輕浮的男人，意外地就越重視這片薄膜。

從我幾次在包廂差點被性侵時，情急大喊：「我還是處女！」後立刻被放下雙腿，還有不少年輕客人表達對處女之身的佩服，聲援我繼續難攻不破可見一斑。

其實……我當時只開十萬。那些穿著潮牌、染著特殊髮色、眼神輕佻的客人，聽到後痛心疾首，好像我賣的是他女兒的初夜：「什麼十萬！就算客人開一百萬也不可以賣，最起碼只有這個要給妳喜歡的人，知道嗎？啊？」

我們先不糾結十萬也沒賣出去的面子問題。我隱隱約約覺得，處女的下體似乎是許多男人心目中的某種淨土？神聖不可冒犯的那種，有的職業客一聽處女連摸都不敢摸，就怕不小心摸壞啦、弄破啦什麼的。

最誇張的一次是一個五十多歲的半老男人，在很普通地結束服務之後，期期艾艾地搓著手掌問我：

「我活了這麼大半輩子，還真沒有看過處女的下面。妳真的是處女的話，可以借我看看嗎？」

我：「……」

「哦妳放心啦，我保證我只是看看，我不伸手摸，妳也不用擔心我藉機挖妳，我真的只是看看。」

他都說成這樣了，我也不好拒絕，搞得好像認定人家是強暴犯似的：「可是包廂裡很暗，我怕我掰開你也看不到什麼。」

「沒事！為了這一刻我特地帶了手電筒！」

「……」

於是就變成我很滑稽地躺在美容床上、打開腿、掰開自己下體，一臉便祕地讓阿伯開著手電筒，像研究生第一次看標本一樣：「哦~哇~居然是長這樣的啊~」

「呃……有差嗎？」說真的，連醫生都說世上其實沒有處女膜了，也就是說外觀上應該沒什麼差異吧，用肉眼怎麼可能看出來是不是處女……

客：「當然啦！完全不一樣啊，妳的洞超小的，簡直跟針眼一樣！」

針眼你也能看到？太誇張！該不會反正沒看過，也不知道看哪裡所以隨便說說吧？

最後結帳送客的時候，客人滿面春風，邊掏錢邊感嘆：「哎呀~連我老婆都不給我看下面，沒想到活到這把年紀居然還可以得見處女的下面啊！好感動，我完成了畢生的宿願，今天來這趟真的值了。」

櫃檯：「……」

我：「……」我求求你這話在包廂講就好！畢生的宿願是看處女下體，你的人生到底有多空虛！

不過，後來我才了解他不是第一個……真的有不少客人要求希望見識一下處女的下體，他們還會跟我分享不看下體分辨對方是不是處女的偏方。

5.聊天

和客人聊天其實是很有眉角的，因為談吐會暴露很多事，比如個性、年紀、教育程度、心態、生活態度……最直接的，就是自己最近在做些什麼。

「——然後啊……」我聊著聊著，看到客人手腕上掛著的五彩編織帶，「哎呀，這個編織帶好眼熟，我也有一個耶，我朋友編給我的，好巧哦。」

「……噗。」客人從進包廂就沒有接過一句話，卻在這時笑了出來。搞得我一臉問號：「你在笑什麼呀？」

客：「沒，我在笑妳從進門到目前為止，說的話都還跟上禮拜我來做的時候，妳說過的一模一樣。」

我：「……」

從此以後我了解到哏要不定時換。

也是有那種很難聊的客人，每次我遇到都會覺得很無奈。

我：「帥哥你好，我叫涼圓，怎麼稱呼你呢？」

客：「隨便。」客人翻了個白眼，彷彿我在說廢話。

我：「……隨便哥，您是做什麼的呢？」

客：「都可以。」

我：「……都可以……哥有什麼興趣嗎？」

客：「都還好。」

最怕，空氣突然安靜。但我是真的接不下去了。這啥態度？還現場挑我呢，要是不喜歡，一開始就不要選就好了，幹嘛這麼不耐煩。

好吧，也許人家就累了不想講話。可是一直到後半段，我都脫完開始幫他打了，卻看見他從頭到尾雙手抱腦後，一臉無趣地盯著天花板。別說動情，我感覺他都不曉得自己人生的意義是啥。

算了，大腦很厭世沒關係，小頭還會硬就好，打得出來也還是一檯。沒必要和錢過不去嘛，我認命地開始擼動。

也不知過了多久，客人的肩膀突然猛烈地抽動了幾下，雙眼瞪大。

這是有反應了嗎？摸到敏感帶了？我試著在剛剛摩擦過的地方再搓一遍。

客人激動地坐了起來，雙手用力地搭上我的肩膀，神情激動：

「——現在播的這首歌，是蕭敬騰的嗎？」

我：「……」

脫光衣服幫男人打手槍還比不過蕭敬騰的一首歌，我的自尊受到了極大的打擊。

6. 傲嬌男

客人在現場挑選了以後又對我態度不好的也不只這麼些個，有一個讓我印象滿深刻的。

看得出來他喝了不少酒，看同行的朋友高高興興摟著我同事走掉才選了我。

我爬上美容床，才按了他第一下他就發作了：

「欸！很痛耶，妳幹嘛！妳這種噸位還壓在我身上是想弄斷我的背啊？」他揮開我的手從床上彈起來，直接把我按趴在床上，手掐上我的大腿後側的軟肉：

「臥槽妳也太胖，怎麼會有妳們素質這麼差的店，這要是我的店，我第一個就把妳開除！妳這麼胖還來上這種班不是詐欺嗎？別說上班，妳怎麼好意思出門？」他劈頭蓋臉地把我嫌棄了一通，我只能保持著尷尬又不失禮貌的微笑：「呃，那剛剛你怎麼還選我？不然我現在出去，請現場幫你換個順眼的……」

「不用了啦！妳們哪個都醜成這樣，我換哪個有什麼差別！妳知道我們平常都去小模酒店的嗎？這種地方根本不符合我的氣質，要不是被幹部硬拉來我根本不想來！」

「哦，好吧，那還需要服務嗎？」

「服什麼務啦！像妳這種重量級的，別說按摩，妳多摸我一下我都不能忍受！我要去抽菸，妳在這趴著別跟過來！」語畢，客人抓起菸出了包廂。隔著門我可以聽到行政去關切他結果被他凶巴巴地罵了一頓的聲音：

「關你屁事啊！我服務時間內，高興把她扔在裡面出來抽菸不可以哦？啊？」

看來他真的沒有要換人的意思，我想了想，在床上翻個身，名副其實地躺著賺。這傢伙還預付了兩個鐘，希望他就這麼抽兩小時，不要再進來最好，簡直爽賺。

「喂，我肚子餓了，陪我去吃宵夜。」

「……」好吧，他對我硬不起來，不妨礙我陪他吃宵夜沒錯。

我婉拒了客人要幫我點餐的建議，免得等下又落他話柄：「我客氣一下妳還真點啊？這麼胖還吃？」之類的。在外面不想弄太僵，我只能乖乖坐在客人旁邊看他吃，希望他這段時間都別發酒瘋。

客人一邊咬著臭豆腐，一邊抬頭，對上了我的目光：

「欸？這麼一看，妳長得滿漂亮的嘛！」

「……呃，是嗎？」

「妳的臉蛋很耐看啊。剛剛說妳太胖啊，那個是因為我喝多啦——酒後吐真言啦！可是妳不要擔心，妳有這麼張臉蛋，一定可以騙到一個不在意妳身材的男人，還是嫁得出去的，好嗎！」

「……」謝謝你喔！

在回店的路上，那男人突然從口袋掏了兩千塊給我，說：「妳不要誤會哦，我剛才不喜歡妳，但是看在妳脾氣還不錯，我那樣罵妳都沒有生氣還陪我吃宵夜的分上，才給妳一點獎勵啦！」

「……」大哥看不出來你還是個傲嬌啊？

傲嬌的小費還是要收的，我接過錢總不能沒有表示，笑逐顏開：「謝謝大哥～」

「別別別！」客人頓時舉起爾康手。「妳再怎麼引誘我我都不會再來的！妳還是太胖了！笑得再可愛都沒有用！」

「……」好、好喔。

我們回店的時候時間還有剩，出於基本的敬業，客人不想在包廂進行服務，我也不好回去躺賺，只好陪客人坐在大廳。這時，行政又出現了，很不好意思的對我的客人說如果沒有要服務，是不是可以把我借去給現場客看檯。

客人靠在沙發椅上蹺著腳，很大氣地說：「哦，妹妹也是要賺錢嘛，好啊，去看吧。」

我乖巧地跟著行政，去而復返。

客：「有上嗎？」

我：「沒耶。」

客人唰地站起：「什麼！沒有看上，那怎麼可能！」

然後從口袋裡掏出好幾張千鈔砸在桌上：「他是缺多少，我幫他補，叫他做妳！」

「……」我真的不知道大哥你到底是愛我還是恨我……不是，折現給我不好嗎？

7. 金髮男

與家裡的緣分薄，在十六歲後，我每個過年都是在工作中度過的。尤其農曆春節期間，小姐少客人多，要小費紅包可以光明正大，酬金還有加成，真的是沒有再好的搶錢機會了。近幾年各家妹子賺錢的覺悟高了，新年也不是那麼缺妹。但年後反而有慣例性妹荒，勝在有很多客人見加價結束來消費，小姐們卻大休一波，沒什麼選擇，條件中上都很好上。

在我剛開始做的頭幾年，過年是很忙的，整間店不超過三個妹，甚至沒有時間吃飯，只能吃當時帶在身上的減肥藥充飢。某年的大年初四，當我在做第六位客人的時候，第七、八、九位都已經在包廂裡等我了……

我還記得，那是早上六點，從下午忙到那時的我幾乎已經要累垮，可是架不住幹部的九十度鞠躬拜託和店家的軟磨硬泡，還是接了早上六點的檯。

包廂維持一貫的昏暗，那個客人五官看不真切，但感覺還挺年輕，皮膚黝黑，不高但很瘦，留著染成茶金色的短髮。我才按了兩下，他就叫我不要按了，陪他聊天說話就好。

「妳知道嗎，我真的很需要找個人陪我說話……今天大年初四，本來昨天晚上我就要跟朋友一起來的。」金髮男說。

「是哦，那怎麼拖得這麼晚，這都早上了，你朋友呢？」我從善流如地接話問他。

「他死了。」

我點點頭。「哦是哦，他……蛤？」

「我說，他死掉了。」金髮男神色平靜地說。

「昨晚我們過來的路上，突然有輛廂型車開過來，上面下來了四、五個人把我們圍住，我就這樣生生看著他們拿刀砍了我朋友好幾下，看他倒在血泊裡、看他被救護車抬走……結果醫生說他腦死了，他父母來簽了放棄急救的同意書後，看著他嚥下最後一口氣。我是給了他家人安家費，才突然想到，本來，我們是要一起來開心的。」

「……」我臉上的職業笑容已經僵住了，但我不敢放鬆面部肌肉，只能不著痕跡的慢慢後退。

這個人有問題。

「妳是不是不相信我說的話？」他猛地抓住我的手臂，把我帶進他懷中圈緊。在我耳邊喃喃念著：「他死了……流了很多血……」

「不會，我相信的。」我連忙抓住他的手放在我的腰間固定住，趁機嗅了一口，沒有酒味。

「你一定很難過……可是這太奇怪了，你朋友是做什麼的？怎麼會大過年的被人圍殺？你沒有報警嗎？你知道對方是誰嗎？」

為了盡可能轉移他的注意力並且拖延時間，我溫順地待在他懷裡，丟了好幾個問題，盯著時鐘。

「不知道，我覺得應該是找錯人了，我朋友不是壞人，他死得很冤……」對方回答得很零落，可是也不算完全沒有邏輯，但又不合常理。我越跟他交談越覺得這個人精神失常。

「啊……再聊下去後半段就要來不及做了。還是我們下次再聊……」

「不用，妳聽我說話就好，我親眼看到他的頭被砍到見骨，他的手也斷了、他……」

幹！完全不懂你大過年的來這裡跟我講你朋友死得多慘到底是何用意啦！

終於，時間到了的嗶嗶聲響起，我立刻從他懷裡跳出來，抓起籃子就要走：「時間差不多了，你快穿好衣服，我送你出去……啊！」

金髮男拽著我的手腕：「不，妳不能走，我要加節！」

我：「不加了，我要下班了，我本來就是加班的……你放開我！」

金髮男：「不能放妳走！妳留下來陪我！我喜歡妳！我有預感現在放妳走，我一輩子都不會再見到妳了！」

……原來你有自知之明啊！

金髮男把我拽離了門邊，在我轉身準備把他推開的時候，藉著昏暗的燈光，我總算看清了他的臉——

深深凹陷的五官下，他的雙眼大得就像暴凸一樣。重點是，這傢伙的瞳孔居然各朝外側，是上翻的！人類居然能做到兩隻眼睛分別往外上翻！配上他消瘦猙獰的面容，簡直詭異又嚇人。

「幹你娘！」我這不是罵他，純粹是被嚇的。但到這個時候我也顧不了什麼狗屁服務態度問題了，完全沒有留手一把推開他，奪門而出。跑進休息室還不夠，我躲進了更裡面的置物間，直到行政來關心我發生什麼事，再叫店家把那客人打發掉。

不要覺得我很冷靜，可能我當下是的，但他走了以後我才後怕地大哭了很久。

8. 腋下怪客

「不用按摩，我要直接做後半段。」

通常會這樣說的客人都是職業客。但是職業客中真正難搞的一群人是叫妳不按摩也不用幫他打出來，只要陪他玩就好了。

精準地說，他那不是要小姐陪玩，是要玩小姐玩一整節。

那是一個很噁心的中年禿頭肥胖歐吉桑，明明說要做後半段，卻不停地打斷我的動作，叫我不要急，不然就投訴我偷時間。

「嗯，老婆的口水好好吃哦，有少女的芳香，嘖嘖嘖嘖……」

我偷偷抬手抹掉那個男人舔在我臉上唇邊的口水，問他：「你是不是身體不舒服，不然為什麼一直砸嘴？」

「不是啊，我在回味老婆的味道，嘖嘖嘖嘖。」

「……」我深吸一口氣，強壓生理性反胃的感覺。

噁男見得多了，這麼噁的還真沒見過。

「老婆過來，」歐吉桑躺下，露出他滿是腋毛的肥肉腋下，「用力吸我的腋下。」

「蛤？」

「快點，我認真洗過了，不會臭。幹部還跟我說妳配合度很高呢，妳不會連這點小要求也辦不到吧？」他斜睨我，露出不耐煩的表情。

我忍耐著走過去，把臉湊近他的腋下，輕輕吸了口。

是不會臭，但是心理上有種莫名的噁心。假設今天他是想吸我的腋下，那多久我都給他吸，但我一點也不想去聞一個變態歐吉桑的腋下。

「對吧？不臭吧？來，用力，大口吸氣！」說完他竟然把我的臉直接按在他的腋下！我的臉壓著他滿滿的腋毛，別提多難過了，只能努力調整呼吸。他說，「好，現在用力舔我的腋下，這樣我才會舒服。快點，不然就不放開妳哦。」

我試著伸出舌頭舔了幾下他的腋下。他腋下是真的不臭，但滿嘴的腋毛真的讓我生理性的噁心上升到新高度，加上缺氧和被人按頭的驚怒，在我舔了三、四下他還不放開的時候我就炸毛了。

「不好意思，你這樣我做不下去了。」我站起身，冷著臉，心裡的委屈都要滿出來了。反正我脫也脫了打也打了，這檯算是入袋了，了不起被客訴，以我的整體評價，偶爾的客訴還扛得住。

「時間還沒到呢，妳要去哪？」他猛地站起來，擋住我去拿衣服的路。包廂很小，我一下就被他逼進角落。

情緒本來就現有了，我語帶哽咽，能哭更好，我哭著出去，就變我客訴他了。「是你太粗魯了，我不喜歡這樣，要不然我幫你換人——唔嗚！」

對方摀住我的嘴，把我整個人壓在牆壁上，用力之大甚至把我提了起來！我雙腳搆不著地，那個肥胖歐吉桑不顧我的掙扎，硬是脫掉我的底褲。

「噓，不要哭了，我老婆好乖～不喜歡舔腋下我們就不要舔了好嗎～不要哭哦，我們不要讓外面的人聽到，好乖好乖～」他盡量放輕聲音，另隻手卻把我的底褲扯破丟得遠遠。

別人可能覺得這時候我的心情是驚惶的、是無助的、是害怕的、是絕望的……其實我當下滿腦子只有一句話：

「幹破你娘！給你得逞我就是你孫子！老娘跟你拚了！」

嘴被摀住，行動被限制，我發不出尖叫也搆不著內線電話，只能拚命從喉嚨裡發出嗚咽聲。還好時間很晚，店裡很安靜，包廂離櫃檯又算近。控台是個機靈的，隱約聽見我的哭聲，派了個女行政來看門口的貓眼，發現我被人脫光了壓在牆上。

他們立馬打了內線電話進來，門口的女行政瘋狂敲門請我出去。那個客人才放了我。

唉，八大行業就是這樣，就算客人欺負我到這個程度，那個客人也只是被罰加買一個小姐，換人做完我剩下的二十分鐘。而且不能再對小姐提任何要求，沒出來就算了。

9.火災

雖然遇上奧客的風險很高，但其實我們很少有真的性命垂危的時候。我個人遇過幾次……其中一次就是失火。

當時小姐們只有我在使用包廂，那個包廂在我與客人進入後不久就傳出奇怪的味道，我覺得那很像糖炒栗子的味道。本來我與客人不以為意，直到氣味漸漸有些變濃，因為一直找不出是哪裡傳出來的，乾脆就換了隔壁間包廂。然後就在我幫客人打著打著的時候，開始感到不對勁……好像，有煙飄進來了。

砰砰！砰砰砰！行政用力地敲著門：「你們快出來，外面失火了！」

那客人聞言第一反應是壓著我硬是讓我把他打射，然後馬上起身穿衣服，風一樣的不見了。留著我光溜溜的，手上還留著他的穢物。

等我穿好衣服清理好再出包廂時，外頭已經完全就是個火場了，四周一片黑暗，高溫，嗆鼻的濃煙。我一個人，憋著氣，忍著燙，憑著印象摸索著出口方向，那時候心裡在想：死就算了，要是死前最後一件事是幫人打手槍，可怎麼瞑目啊我！

好在火雖然大，但店很小，我受困沒有很久就走出來了。我走到安全的櫃檯處，第一眼看到的是……剛才把我拋下的男客正在跟櫃檯殺價，說中途發生火災要求退錢云云。

順帶一提，起火點就是我與客人待的上一間包廂裡的裝飾燈。有些小姐的習慣真的很差，不知道是誰往裡頭丟了廢棄的紙內褲和塑膠包裝袋。行政後來發現，卻只是關了燈沒有拔插頭也沒處理垃圾，才釀起了火災。

現在想想，我還是覺得要是因為這些噗嚨共的同事和客人而被害死，真的會死不瞑目。

10.男同／女用半套按摩師／第三性

我有遇過不止一個客人自稱是半套店的按摩師……就是我的同行。第一個長得不帥，身材倒是不錯，粗獷型的，顏值不高但手法頗優，服務挑剔的女客沒話說，我還在菜的時候他傳授過我輕功，不得不說，還真是滿有Fu的。

加值的算法好像也差不多，來就是先半套……女人的半套是不是用手我當時不好意思問，但用嘴似乎也是要加錢的（為什麼這個就好意思問），當然如果女客要做S另計……

據說，會把男按摩師叫來家裡或賓館的女人，不一定真的就是老肥醜，也是有條件不錯的，只是因為事業太忙，真的沒空找對象……聽起來好令人憧憬哦，忙到沒時間的女強人，連解決生理需求的方式都那麼男性化。

除此之外，也遇過Gay半套店的按摩師。當時我很好奇地問：

「你說你是Gay的按摩師，那你是圈內人（同志）嗎？」

被我坐在屁股下按摩的客人是個年輕的陽光型男，雖然不是頂天帥，但是看起來很清爽，也不油嘴滑舌，一點都不像八大的人，他哼哼：

「是就不會來啦，我是直的。」

我大驚：「直的！你不喜歡你的……客人嗎？」

他很奇怪地望向我：「所以妳會喜歡妳的客人嗎？」

我：「……」說得好有道理，我竟無言以對。

我又問：「那其他按摩師呢？也是直的嗎？」

他居然回答：「滿多都是直的。」

「什麼？」

「而且很多都有女朋友。」

「什什麼？」

「而且他們女友都知道她們的男友職業，就是給別的男人打手槍。」

「什什什什什麼？」這是什麼生命的大和諧？

我不死心繼續問：「那你的客人也會摸你嗎？就跟我的客人摸我一樣？」

客：「都差不多耶！其實，我們的不一樣只是妳是女的、我是男的，服務內容跟客人倒是一樣。」

我眉頭一皺，覺得案情並不單純：

「可是你是直的啊，客人摸你，你能硬嗎？」

客：「不能耶。」

我：「那他們不會不高興嗎？我的客人摸我，要是我不濕，他們會覺得很掃興。」

客：「我有跟店裡聲明我是直男啊，會來找我的客人本身就是喜歡直男的Gay。」

我震驚了：「喜歡直男的Gay……這麼自虐？」

客人聳聳肩：「雖然我是直男，但我也是可以理解，太圈內的按摩師反而沒什麼指名——如果是，我在圈內約炮就約得到的類型，我幹嘛還要花錢指名他來服務？」

「……」再次，說得好有道理，我竟無言以對。

客：「所以我的客人都知道挑逗我，我是不會有反應的，店裡也會幫我跟客人先聲明。」

我：「我覺得只是沒有反應已經很厲害了……要是一般的客人，被男人摸一下屁股肯定就開揍了。」

是的，會來我們這種半套店消費的男人，絕大多數都是鋼鐵直男，就是聽到Gay都要皺眉的那種。

所以我當小姐的期間，可以遇到所謂的第三性公關我也覺得很驚奇。

不同於一般男客摸我大腿的反應，那個長得很像藝人納豆的矮胖男人摸到我的大腿，驚喜地從按摩床上彈起來：「哇，妳的皮膚好滑好嫩，妳都用什麼保養品啊？有沒有進廠維修啊？」

我：「……」這種姐妹淘的臨場感是怎麼回事？

我那客人的情況似乎比較複雜，他說他是第三性公關，是上班會扮成女人的那種。

「妳別看我這樣，我扮成女生還滿可愛的，大家都這麼說。」

我打量了一下眼前的小胖墩：「嗯……我相信你是可愛型的。那……第三性有漂亮

型的嗎？」（壞）
客人：「有啊，不過好像都被包養了，不太會來上班。」
我：「……」
有錢人的思維我真的不能理解，包養男人卻又要人家變成女人的樣子，究竟？
我：「可是你沒有動手術耶，連隆乳都沒有。這樣沒關係嗎？」
客：「沒關係，我還是喜歡女人的啊。」
我：「……蛤？你不想……變成女人嗎？」
客：「想啊，所以才做這個存錢，但我還是喜歡女人，很像男人的女人。」
「……」所以這是個有著女同志靈魂的男人嗎……
我繼續問：「那要是男客人說要跟你S，你接嗎？第三性做一次多少呀？」
客：「可以啊，三千。」
「……」我陷入了長久的沉默。
也就是說，我們這行，真正的女人，而且就算是美女，做一次S的價格也沒有比這個小胖墩的後門高耶……第三性的行情太神祕了。
「等等！」我一個激靈。「你說你喜歡很MAN的女人，所以你會選我，是覺得我很

MAN嗎，啊？我是勸你想好再說哦？」

我毫不客氣地掐著小胖墩的屁股，別說，我威脅他的樣子我自己都覺得MAN……

#02性癖

基本上「性癖」分成我能理解的／我不能理解的，我覺得性癖嘛，應該就那樣吧，只要Ａ片有拍出來的應該都有一點大／小眾族群有偏好。總之就是有需求才有供給，所以謎片上有的哏就算是我能理解的，女僕啦、女刑事啦、手銬噗累啦、69啦、還是BDSM……但戀童，我就真的不太能接受。

我不覺得有性癖的客人就是變態，我反倒認為每個人都會有那麼一兩項性癖，只是常見不常見，理解不理解而已。不過我覺得來半套店要求特殊性癖服務不是很好……有些真的建議多花點錢去專業一點的地方玩。

1.講鹹濕話

這個很通用絕大部分的男人，有情趣又能滿足征服慾，但很少有小姐能辦到，真的要點恥力跟表演天分。

打手槍不比全套，有時候男人還是要一點想像空間的。裸體接觸不夠力的時候，叫他們想像一下最喜歡的Ａ片情節，不知道救我多少回。

至於這部分能做到什麼程度，真的就不是技術問題，在於妹能放下多少身段了。我曾經做過一個很怪的客人，他當時在我和另一個A小姐中猶豫很久，最後勉為其難地選了我。

然後在我按摩的時候一直問我：

「欸，妳覺得A小姐服務好嗎？她也會這樣幫男人按摩嗎？她也會這樣幫男人做輕功嗎？」

我：「呃我不知道耶……不然現在還來得及，你要不要換A小姐來？」

客：「不用啦！妳就很好啊，不然我怎麼會選妳。那所以妳覺得A小姐一個禮拜要做愛幾次？她可以接受3P嗎？她喜歡什麼體位？她喇舌的時候舌頭都怎麼擺？她覺得肛交爽嗎？她喜歡用道具嗎？跳蛋好還是按摩棒呢……」（無限延伸）

我：「……」

這傢伙就這樣問到了後半段，我邊打他還邊問。我眼神死著機械性動手擼鳥，突然，一個柯南式靈光閃現，我打斷了滔滔不絕的客人：「欸，你聽我說，」我用最平板的語氣和最面無表情的棒讀*語氣說道：

「我上個禮拜被七個男人拖進草叢裡輪姦而且我覺得超爽的。」

*棒讀（棒読み）原指以日語無次序地閱讀中文。後衍伸為缺乏情感波動與表現

「——哦哦~真的假的，噢！」就這麼射了。

「……」我也就隨口一試，沒想到這傢伙還真射了。

大概是我臉上的鄙視太明顯，客人滿臉不可置信：「妳剛騙我？」

覺得被七個男人拖連草叢輪姦超爽才不可置信吧！「廢話，怎麼可能是真的啦！」

雖然我不會加值，但那不代表我的老點到別的小姐手上是一定好處理的。我就被同事抱怨過我的老點難打得要死，又死不加值……相對地我做過別的妹的老點也是不好搞，從包廂出來我都很佩服那個小姐……到底要怎麼用台語跟客人演鹹濕劇？

那還是我第一次聽到「哇賣拆破妳A林丕啊」，然後才知道「林丕啊」就是「奶罩」，然後還要克制住「賀，你拆呼哇跨麥，拆A破宰立。」的衝動接著講：「啊，郎糾歡喜耶，緊用力拆破哇A林丕啊，撞破哇A雞掰~」……生無可戀。

男人，真沒妳想像的這麼難。

2. 強暴哏

客：「來，妳躺在床上，假裝是午休中的人妻，然後我是闖空門的痴漢。等一下我進來妳就裝睡，然後我說：『太太穿這麼少午休好下流哦~』的時候就會摸妳，差不多摸到腳踝妳就醒來，大喊：『你這個變態！』然後把我踹下床。」

客人拉著我實地演練，連我等一下踹他哪裡、他會怎麼跌倒都先套好。

我：「……噢……好……然後我就被強暴了嗎？」

客：「當然不是，這樣太沒深度了！妳先騎上來甩我兩個巴掌，然後說：『哦呵呵呵呵，像你這種變態就該讓姐姐好好教訓一頓，我要強暴你！』懂嗎？」

我：「……可是我沒有加值……」

客：「不用加值啊，這只是演戲，又不要妳真的做，等一下妳坐我身上搖的時候會拿毛巾隔著。」

我：「……」

說完還用一副「只是演戲妳還想當真啊」的鄙視眼神看我。

3.戀足癖

客：「妳的腳趾好可愛哦，圓圓潤潤的，腳底又不粗糙，完全是我的菜，我可以舔嗎？」

我：「呃……是可以，那我先去洗一下？」

客：「不用洗沒關係的。」

我：「蛤？」

我還沒反應過來，他已經跪到我腳邊抓起我的腳開始舔，還是連趾縫都不放過的那種。

被含住腳趾的感覺很怪異，也不知道算不算舒服，但我很緊張：「會不會很臭啊？」

客：「不會，沒有味道。」

我放下心：「那不就還好我都穿透氣的鞋——」

客：「可是我比較喜歡有味道的，真希望妳有腳臭味。」

我：「……」

客：「妳可以用腳幫我打嗎？」

我：「足交嗎？可是我真的沒試過……」

客：「沒事，我教妳，我請教過別的小姐了，她真的用腳把我打射。」

我：「…好……」為了足交認真到這種程度，我服。

4. 戀童癖

我一進去就是長長的沉默：「那個……我看起來像小孩子嗎？」

客：「不像，可是妳看著我笑得很開心，我覺得妳不會嫌棄我。」

我：「我真的不會嫌棄人家的性癖好。」但是我還是覺得戀童很母湯。

前半段都還好，有說有笑氣氛融洽，後半段就尷尬了。

我真的不是他的菜，不管我怎麼努力，客人依舊半軟不硬的。生理上對成熟女人就不行。這時候客人安慰地拍了拍我，說：「沒關係。」

我眼神一亮，沒關係是不用打了嗎？

客：「我用我的手機邊看色情網站，妳一邊打吧。」

我：「……」

他的手機裡滿滿都是八到十二歲，那種將發育未發育的小女生，穿著死庫水（日語泳衣）、和暴露的衣服、擺出各種不雅姿勢，還一臉無辜的照片。

「妳會不會很瞧不起我，覺得我是個變態。」

「不會，你不是變態，你不是想辦法尋求紓解的管道了嗎？」我笑著說。

不過，我認為你真的是社會的隱患。

5.BDSM皮繩愉虐邦

客：「妳有做過要求被虐待的客人嗎？」

我：「有啊……就用他的皮帶抽他屁股之類的。」還甩到我自己。

客：「蛤，就這樣哦？」他不屑地撇撇嘴，「真是不合格的奴隸。」

我：「……？」

客：「我想先向妳道歉。」

我：「嗯？怎麼了？」

客：「我不是故意在妳上廁所的時候打開門的，我當時尿急，沒注意裡面有人……」

我：「哦，沒什麼，是我不該以為快下班沒人就沒鎖門。而且其實只是看到我坐在馬桶上，又不是真的看見什麼。」

客：「但是看到妳上廁所的瞬間我就硬了。」

我：「……」

客：「妳就是我們奴隸夢想中的女王啊！高䠷性感、身材豐滿、前凸後翹，不笑的時候高貴冷豔、生人勿近的樣子，我都想成為馬桶讓妳尿在我身上！」

我：「……蛤？」

客：「真的！我甚至願意吃女王陛下的『聖物』！噢，我的女王大人，我是個骯髒的奴隸，請您懲罰我吧！」說完他撲通一聲，全裸的跪在我腳邊。

客：「女王大人，求您踢奴隸的蛋蛋，我會含著您的腳趾，一聲都不會叫的。」

我：「……大哥你確定？」

客：「不要叫我大哥，叫我賤人、雜種、狗！這語氣不對，妳要凶狠地罵我！踢吧，我沒有喊停之前都可以踢，越用力用好！對了，盡量用腳背踢我的會陰處就好。」

於是我絞盡腦汁痛罵一個完全是陌生人的客人，一隻腳踢他的蛋蛋，另一隻腳塞在他的嘴裡。老實說，我大腿很痠痛，而且詞窮。

我：「我就知道你們男人就是賤！不對，你不是男人，你只是我養的狗，只配吃我的屎喝、我的尿！女王的腳垢好吃嗎？賤雜種不准停！呼、呼……」好、好累，比平常打手槍還累。

「奴隸不停，舔好了可以賞賜女王的聖水給賤雜種嘗嘗嗎？求求女王陛下！」

蛤，什麼聖水？

「就是您的尿啊，懇求您賞賜，一口就好！」

我的腦袋一瞬間卡殼。

這傢伙叫我在包廂尿尿？直接對著他的嘴嗎？這樣一定會濺出來吧？……不對，我幹嘛真的分析喝尿的可行性！我才剛尿過啊！

「你不配！」馬上切回女王角色的我，立馬伸手甩了他一巴掌，不輕不重。

「啊啊！暫停，妳不要打我……」

「抱歉，我太大力了嗎？」

「不是，我怕會被隔壁包廂聽到。對了，如果妳要打我的臉，記得由下往上打，這樣才不會打到頭，我還可以用臉享受到全部的衝擊。」

「……好吧，我們剛演到哪？」原來你會怕被人聽到啊？我一直感覺你以身為一個優質奴隸為榮。

一小時後，神清氣爽的客人後頭跟著精疲力盡的我。行政在門口送他出去，笑問：「我們妹妹的服務怎麼樣？」

客人豎起姆指：「很好、很專業！」

我：「……」一點也開心不起來怎麼辦。

6. 莫名的性癖

至於什麼叫做A片上看不到的性癖呢？就是字面上的意思，你從來沒聽過的，就算在性癖裡都不知道興奮點在哪的，莫名的性癖。

那是一個很有名的客人。首先，他洗澡就要二十分鐘。注意，是開始前洗二十分鐘，結束後再洗二十分鐘。

據說他覺得被水柱強力沖刷很舒服。

他本人倒是滿好的，也好聊天。

客：「每次我給蓮兒按都會睡著耶，她按得實在太舒服了。」

我：「可是你給我按從來沒有睡著，是嫌我按得不好嗎？」

客：「妳沒有按得不好啊。」

我才剛鬆一口氣他就接下句：「只是妳說話太有趣，我每次光顧著聽妳說話，都不知道妳在按什麼，哈哈哈哈哈！」

「……」哥你這算是誇獎嗎？

可是後半段就很麻煩了，他非常、非常地難打。

每次我打到計時器響的時候，他就會說：「如果打不出來，可以試著在我耳朵旁邊吹口哨。」

「口哨？可是我不會吹曲子。」

「不用啊，就幫小孩子把尿的那種噓聲而已。」

我試著邊打邊在他耳邊吹口哨，不多久他真的就射了。

有一回我真的耐不住好奇，就坐床上等了他二十分鐘洗好出來，我問：「你是不是對口哨聲有什麼性慾啊，這算某種戀物癖嗎？」說完還就吹了口口哨。

想不到對方居然捂起耳朵，然後對我舉起爾康手：「別！沒有打的時候，千萬不要吹口哨。」

「為什麼？」

「因為其實我很怕口哨聲……」

「……」

好哦，所以你會射是因為害怕嗎？比如說大家逛鬼屋，人家被嚇到可能會噴尿，然後你會噴點別的什麼是嗎？

第5節

男人來自火星

回憶過去，涼圓就不是走可愛路線的萌妹子。不知道是不是這個原因，導致我的顧客群好像真的都是比較喜歡大姐姐的星座，有幾個星座我很少遇見，也就不是太有印象，比如水象和火象星座。

以下是我對他們的星座分析，
純屬個人意見。

#01十二星座男

很想了解其他小姐的十二星座屬性，可是我也只是一個小姐，不會探問太多事情，更別說知道她們在包廂是怎樣的了。如果有別的妹問我是怎麼做客人的，我也會心生防備認為人家是想偷師，雖然小姐個人慣用的套路很難學了就用。

以前在休息室時做過統計，不知為何火象星座的妹反而是休息室裡比例最少的。可能做半套店的性格不夠聽話、柔順，真的很難長久，反而比較適合酒店那種要嗨、要炒氣氛的地方，性格太跳脫就算沒有特別遭受排擠也待不久，通常待得住的都是很不像火象的火象。其他風、水、土象比例就很平均了。

至於男客們，接觸多了，倒是也可摸清一些特性，以下是我對他們的星座分析，也是純屬個人意見。

1. 牡羊男——白目臭弟弟

不知道為什麼我遇見的牡羊座都是屁孩，就是邏輯思維都有點屁，語氣也滿中二，還有一點世界圍著他們轉的自我中心。我相信社會化的牡羊可能不會這樣，但是我遇到的都是不怎麼社會化的。

牡羊就是覺得我花兩千多一定要找個最優、最正、最敢玩，不然就是白花的那種。不過他們有時候有些舉動也滿天然呆的，讓人啼笑皆非。

牡羊：「昨天妳做的客人是我朋友。」

我：「咦，我很少遇見有客人會介紹朋友給自己做過的小姐耶，他們說不喜歡當表兄弟……不是，我做過你嗎？我看你很面生啊。」

牡羊：「沒有啊，我就跟幹部要了名單，隨便指了兩個名字，一個給他一個給我。結果妳們昨天送客出來的時候我見到妳，覺得很後悔應該把妳指給我的，所以來補做。」

我：「……」

牡羊：「我朋友昨天一直誇妳，說妳手技很好，為了不讓我比我朋友快出來，我來之前還在家裡打了兩發！」

我：「……」

通常牡羊也是最手賤的那群，比如我個人很討厭被人揪乳頭，通常都會事先講，大家也都ＯＫ，就只有牡羊最會故意去揪。

然後被我控制不住的暴打或暴凶一頓。

但是神奇的是，牡羊客人不會在小姐翻臉的時候跟著翻臉，他們欺善怕惡，會逆來順受，好像還有點樂在其中？「啊啊啊～對不起啦，我知道不能揪妳乳頭，但我怎麼知道妳會這麼生氣嘛！姐姐我錯了，妳不要生氣，我什麼都做！」

我：「什麼都做？那我現在打累了，不想打了，你要不要馬上射？」

牡羊：「我射我射，我馬上出來！要準備囉！」

玩得多的是真的可以自己控制，然後通常牡羊，不會玩得少。

2. 獅子男——和諧的王見王

身為母獅的我跟獅子客人意外地沒什麼衝突過。可能是因為知道雷點在哪，所以不會踩到，而且通常還可以互相分享一下各種打腫臉充胖子心得。獅子座男生愛漂亮的很多，他們通常會穿著講究的潮牌球鞋，戴著中價位的名錶。會很認真地聽我分享哪些護膚品好用，然後偷偷地買，但不會表現出來。

我覺得他們不是不好色，但是礙於面子喜歡端著。他們喜歡表現一副雍容大度的樣子，「啊～出來玩也不是一次兩次了，我可不是沒見過世面，所以妳做什麼、表現地好不好，我都不會大驚小怪。」如果妳能適時地倒貼一下，他們表面上會很從容、私下暗爽不已，覺得自己還是很有男性魅力的。

可惜雖然知道，但通常我跟獅子客人的互動都比較像朋友，都太會端著了。

3. 射手男——無節操交際花

這個……我真的很少遇到。不然就是遇上也沒給我什麼大印象。通常來說對於射手男，半套店就是來玩的，有點像是某種……跟朋友一起去的社交場合。

他們的重點其實是在他們帶來的同伴們身上，如果有必要自己也可以跳下來玩，沒必要他們甚至可以把朋友送進包廂後，坐外面等上一個小時。

就我所知射手的客人接受度也比較高，他們跟感覺走多過跟喜好走。他們可以因為妹子看檯的時候笑得比較開心，所以放棄本來想選的萌妹子型。

雖然他們會直接跟我說，我不是他們的菜……

一般來說，火象星座的客人思考都比較直，也沒那麼多彎彎繞繞，只要聊天愉快後半段拿捏好，就算妳不是表現得最好的，他們也不會難取悅。

水象星座就不是這麼回事了，他們是真的比較害羞的類型。通常一旦我和客人開始對話，就大概可以猜出對方的星座方向，互動很自然不拘謹的通常是火風象，土水象的星座都比較不擅言詞，但水象是害羞內向，土象是真的不會講話。

4. 雙魚男——綠茶系世界和平

不管做幾次我都覺得這個星座的客人娘娘的……倒不是說他們是Sissy、還是會翹個蘭花指什麼的，但是他們身上很容易看見一些女生才有的反應。比如我在做輕功的時候，繃緊身體、甚至呻吟啦，或是聊天的時候給人一種Gay密的錯覺。

我跟雙魚女常常在犯沖，我認識的雙魚女都是那種……腦洞很大的高知識分子。學歷很高但三觀清奇，不然就是會不自覺地裝可愛裝傻裝笨……哎不行，講得我又一團無名火起。不過雙魚男好像都不太會，他們其實對過分熱情的妹子不太能招架，但太冷的妹子他們又無所適從……

我的做法是，給他們找點不自在，比如說捏他們屁股：「哎呦，彈性不錯哦！底迪～」然後開玩笑帶過去。讓他們放鬆一下。

基本上我也不是雙魚男的菜，大多互動不深，不過我可不認為他們是無害的，認識多了，搞不好他們才是最渣的：「因為她們都想當我女朋友，拒絕她們哪一個好像都很可憐，所以只好都交往了……」

感覺雙魚男就是會幹這種事的人。我覺得很危險，不能深交。

還有，雙魚座超愛穿男用的絲綢內褲。

5. 巨蟹男——尋找真愛的浪漫主義

這個我也很少遇到，不過我在少數的巨蟹男身上沒見他們怎麼愛家。他們來這裡是真的很想談戀愛，如果能給他女友Fu是很好，但他們真正的目標通常是邂逅。這種是真的很有可能被有手腕的妹釣上去當火山孝子的。當然，給了錢、給了禮物之後，通常結局都不了了之。

在八大行業尋找真愛是不是搞錯了什麼。

可是這就是他們浪漫的地方，他們真的相信：如果不是因為在八大行業，我甚至不會認識到妳，我們能相遇，就是有緣，其他都好談，我們可以先有個開始。

我覺得這是……兵遇上秀才……就跟你說前面是雷區會炸，你還拿出你的繡花針跟我說這是你用鐵杵磨的，所以你覺得自己有那個毅力能過去。

是的，我勸過那麼多個火山孝子，每個都是一往無前，然後財去樓空人不還。

不是說八大行業的女人就一定是會騙錢騙感情，可是在八大行業尋找真愛，成功率好比在國際慈善賭神大會的公海船上找個不會賭博的……

然後巨蟹男其實滿以貌取人的，他們看妹子萌萌就覺得對方看起來很單純應該有戲；看姐姐們身材火辣穿著性感，就覺得應該很會玩。

6. 天蠍男——人生道路的老司機

說真的我從小到大對天蠍的印象都很好，我從來沒有見識過天蠍是如何的心機啦、記仇什麼的。可能天蠍跟獅子很容易能達成某種共識，觀念和性格也比較接近，我覺得除了感情，什麼都能處得滿融洽的。

不過，我遇上的天蠍客人真的都很喜歡說教。他們總是端著老司機的架子跟我談論我的人生規劃，最常問不做小姐之後要幹嘛的就是天蠍。他們很自然而然地替我們煩惱前路問題，不然就是跟我們爭執到底該存股、還是買基金。

在他們面前喇D賽要適可而止，他們好像不喜歡女人太聒噪或異想天開。我就曾經因為談論自己上岸後的規劃，被個天蠍座的客人說：「從妳身上我了解到了天才跟白痴只有一線之隔是什麼意思。」我到現在都沒弄清楚他到底是說我天才還是白痴。

天蠍：「妳知道為什麼妳沒有加值，我還是會來找妳嗎？」

我：「為什麼？」

天蠍：「因為妳說話給人感覺水很淺、無害，可以放鬆。」

我：「怎麼聽起來這麼不像誇獎呢？話說你怎麼知道，搞不好其實我只是裝得很笨，放鬆你對我的戒心，這樣我豈不是水很深嗎？哈哈哈哈！」

天蠍：「沒有，我敢肯定妳沒裝，妳是真的水很淺。」

我：「……」

沒有，我敢肯定你沒誇，你是真的沒誇獎我。

7. 雙子男——雙人相聲夥伴

風象裡面我最少遇到的星座。基本上風象星座都很能聊，所以我不一定會問到他們星座的問題。這個問題是要看人問的，不是每個男人都有興趣聽女生聊星座。但跟雙子一起從來不會缺哏。

我：「欸欸，我跟你說，我上星期去訂作胸罩的時候，阿姨說我的右胸比左胸大耶。」

雙子：「真的假的，不是說心臟在左邊所以左胸都比較大嗎？」

我：「對呀，所以她說右胸大比較少見呢。」

雙子男倒吸一口氣：「該不會……妳的心臟在右邊？」

我也倒吸一口氣：「什麼！……一句話點醒我夢中人～」嚇得我屁滾尿流，失了魂呃呃～

雙子：「你呔你呔你呔……」居然還幫配建寧公主的音，神人。

我：「我家的貓很奇怪……牠很喜歡聞我的內褲，還是要剛脫下來的。」

雙子：「……牠是公貓嗎？」

我：「不是啊，牠是母貓，而且結紮很久了啊。」

雙子沉思後一擊掌：「啊！我知道了！是不是妳下面有魚腥味所以牠很喜歡！」

我：「你才魚腥味！你全家都魚腥味！」

雙子：「哎喲！不要生氣啦，魚腥味又沒什麼，我公司同事有次跟合作的廠商喝酒，那個女主任還撿屍他，他本來開開心心地被撿去，結果那女的裙子一脫下來，整個死老鼠的味道，他立刻從床上彈起來說要回公司處理事情。到現在都還被那女的傳言是個同性戀呢。」

我：「哈哈哈哈哈！那也太慘了！欸幹，你才死老鼠味啦！你全家都死老鼠味！」

8. 天秤男——我真的不花心

風象星座一向都很會聊天，天秤男是其中之最。而且通常天秤座男生要不娃娃臉、要不長相清秀，衣品也不錯，打扮起來頗有韓星小鮮肉範兒。就算來半套店跟妹聊天也很自然，一下就能進入狀況不帶尷尬的。

但是，天秤男特別不愛跟女生聊星座。

我：「你是什麼星座的呢？」

天秤：「呃……妳猜猜？」

我：「哎呀~是天秤座的呀。」

天秤：「哇塞！妳為什麼會知道？」

我：「因為你很會跟女生聊天，又不想讓人家知道你的星座呀。」

天秤：「那是什麼理由……」

我：「比如我這時說：『哦……天秤嘛，我懂我懂。』」

天秤男條件反射：「幹什麼，天秤怎麼了啦……」

我：「沒有啊，天秤……嗯，不錯啊，很會跟女生聊天，我覺得很好，嗯。」

天秤：「妳是不是就想說天秤花心！我真的不花心啦，我一直很想找個真命天女。」

我：「那不是很好嗎，你又帥又會打扮又會聊天，又……又專情，一下就脫單了嘛。」

天秤：「妳剛剛明明就可疑地停頓了一下，我是真的對女友很專情的！」

我：「我沒說天秤花啊，我只是覺得天秤下手很快。」而且很熟練。

天秤：「我承認我下手很快，但我真的不花啦，我發誓，妳不能跟她們一樣懷疑我！」

我：「『她們』是誰？」

天秤男灰暗表示：「我的前女友們……每個都覺得我只是想玩玩……」

我很不給面子地笑了出來。

嗯，天秤嘛，我懂的。

我是覺得要擺脫花心的代名詞，天秤要懂得分辨紳士風度跟中央空調的差別……不過我才不會告訴他們。

9. 水瓶男——就是個怪咖

從小到大，只要是水瓶，通通被我跟怪咖劃上等號。

不過，他們的怪不是那種討人厭的怪，你要是問，他還能跟你解釋出五四三，還頗有道理的。

應該說，他們的腦迴路完全不受世俗或習慣等拘束，也完全不會在意旁人的眼光。

曾經我做過一個男客人是這樣的。

水瓶：「可以幫我把電視打開嗎？」

我：「電視？」望向牆上的電視屏，說真的入行這幾年，我還是第一次開包廂裡的電視，在這之前我一直以為那只是裝飾品，不能看的。

我還記得當時隨便轉了一台，是《康熙來了》，來賓是羅志祥。帥哥加上有趣的話題，真的一時移不開眼。

我：「咳！你真的要開電視嗎？可是我幫你按摩時你是趴著的也看不到啊。」

水瓶：「沒關係我可以聽啊。」

我：「不是……重點是我一直偷瞄電視忘記跟你聊天怎麼辦，這樣我們互動會變差的。」

水瓶：「我不介意啊，妳想看就看，想聊就聊，我都可以的，但就是要開著。」

我：「那……該不會後半段也要開著吧？」

水瓶：「對呀，我從來不去沒有電視的店家，包廂裡一定要有電視和浴室我才會去。」

我：「這樣你不會因為分心出不來嗎？」

水瓶：「不會啦，我就是要開電視才可以，妳做妳的，放心。」

於是我很彆扭地在小S和蔡康永的笑聲中把客人打出來了。

早期的半套店還是後付的，在服務結束之後，客人掏出皮夾抽錢，我這才發現客人居然帶了兩個皮夾。

我：「為什麼你有兩個皮夾呀？」

水瓶：「一個放百鈔、一個放千鈔啊。」他答得極其自然。

我：「所以為什麼要這麼麻煩，皮夾不就是讓你把卡啊、零錢鈔票全放在一起的東西嗎？啊，我知道了，是不是萬一哪天路上被搶，你可以只交放百鈔的皮夾？」

水瓶：「這主意不錯耶，可是要是被搶我可能會交放千鈔的皮夾。」
我：「咦？」
水瓶：「因為我很喜歡這個百鈔的皮夾，它是特別從國外買回來的，可是有點短，放千鈔會壓到。所以我才又準備了一個放千鈔的皮夾，不想我的百鈔皮夾被搶走。」
我：「如果是我的話，真的很喜歡，才不會介意壓到千鈔呢。至少不會勤勞到特地再帶一個皮夾……」
水瓶：「不行，我不能接受我的錢被壓到。」
我：「我從剛剛就想問了……哥你該不會是水瓶座的吧？」
水瓶：「咦，妳怎麼知道？」
「嗯……很明顯呢，水瓶座。」

10.處女男——不要問，妳會怕

如果天秤座是十二星男裡第二不喜歡被問星座的，第一名就是處女座了。男人對自己是處女座簡直到了自卑的程度，我猜是現在的女性都科普太多星座小知識，根本把處女座跟龜毛劃上等號。

我：「請問哥是什麼星座的呢？」

處女：「一定要回答嗎？」這就是處女與天秤不一樣的地方，一樣是拒答，處女男講話就是比天秤男多一兩分防衛性。

我：「原來是處女座嗎？」

處女：「……」

我：「噢，因為你不愛人家問星座，話還少。」

不像天秤可以無害地抗議，妳還覺得他可愛，處女座男生對不熟的人和沒興趣的話題直接就是冷淡。不過他沒惡意，就是比較慢熱，有些處女男過了三十分鐘還會變得滿會逗的，冷面笑匠那種。

另外，要跟大家洗白一下，我遇過那麼多個處女男，我真的沒覺得他們有哪裡出現什麼傳說中的龜毛。不然就是可能有點小潔癖、小龜毛，但不太嚴重，可能會摺好脫下來的衣服或用過的毛巾，但不會摺成豆腐塊。

衣服毛巾什麼的，我都直接三分線投置物籃的，就算是替換的床紙巾也是撕下來之後直接用甩的繞在手腕上。我真的覺得會摺等一下還要穿回去的衣服和用過的毛巾簡直令人欽佩。

應該說……摺衣服本身就令我欽佩。

我：「你不喜歡人家問你星座，是因為只要說處女座人家就馬上喊龜毛嗎？」

處女：「對啊。」

我：「那你真的很龜毛嗎？」

處女：「還好吧。」

我：「比如房間很整齊？很乾淨？所有東西都要擺好擺正？」

處女：「表面上是。」

我：「表面上？」

處女：「我整理的時候會把所有雜物和看起來亂的東西……打開抽屜或衣櫃掃進去，然後關上。就算整理完了。」

我：「呃…很有……風格的整理法啊。所以你的房間的確是很乾淨整齊的呢。」

處女：「是啊！不打開任何東西的話，女生都怎麼整理房間？」

我：「整理什麼呀，整理整齊了不就要什麼都找不到了嗎？」

處女：「原來我一直被這種生物說成龜毛嗎……」

11.金牛男——我真的不是很想回憶

不要看金牛男好像老實可欺，其實非常記仇。記仇也就算了，畢竟是有仇，但他是會因為我送他出去的時候沒有微笑而記恨到下個星期，還有，店家早了五分鐘打預備鈴他就自帶計時器的那種人。千萬不能得罪他一絲一毫。

金牛記得很清楚的不只是仇，他們錙銖必較，甚至有一本小本本記著幾年幾月幾日他在哪間店做了哪個妹，檯錢連帶小費花了多少，妹妹做到什麼程度等等……

記事清楚這點我滿佩服的，如果我有這樣講究的腦袋，何愁不能成為股神。

可是愛撒嬌這個就很噁心了。一個禿頭、肥胖、老人臭、油膩冒汗的身軀，沉重地壓在身上：「涼圓~人家好想妳~一個星期只能見一次我覺得好委屈，我一星期來找妳兩次，小費減半好不好嘛？」

我生理上就難以接受。

跟金牛座的朋友們道個歉，我對金牛男的印象完全崩壞。不過同樣的習性和動作，不是我那老點而是金牛小鮮肉男友的話，應該是很Sweet的吧。至少金牛男玩歸玩，他對妻子和家庭的照顧並沒有變少。

12.魔羯男——悶騷色狼面癱天敵

因為這個星座可以說是我的大主顧，所以壓軸最後講。基本上會選涼圓我這種豔麗、裝扮浮誇的女人的男客，只有兩種，魔羯座跟非魔羯座。（廢話）

咳，我的意思是，我真的很常遇到魔羯，有很長一段時間，只要我問就都是魔羯，多到我以為這世上其他星座男人都死光了的程度。

然後這次星座書沒有騙人，他們真的很沉悶。我的聊天ＳＯＰ聊到星座的時候基本上已經是要沒哏了的意思，他們總是可以十分鐘內把天聊死。

我：「帥哥你好，我叫涼圓，怎麼稱呼你呢？」

魔羯：「都好。」

我：「……都好哥，您是做什麼的呢？」

魔羯：「都可以。」

我：「……都可以……」又來！「哥，你知道，這就閒聊，你就是隨便說個職業騙我也可以的。」

魔羯：「喔。」

我：「你有女朋友嗎？」

魔羯：「嗯。」

我：「你媽姓啥？」

魔羯：「嗯。」

我：「你現在在想什麼？」

魔羯：「嗯。」

我：「你是不是不喜歡聊天啊？那我安靜地服務好了？」

魔羯：「不會啊，我們聊得很好啊？」

我：「……」

我有想過他們的不擅言詞是真的，還是台詞都在ＯＳ，有可能他們真的什麼都沒在想，日常生活裡也真的沒什麼興趣愛好，然後也不太喜歡跟生人交流。

但是這麼沉悶的男人喜歡的卻是我這種性格跳脫、話嘮外加打扮誇張冶豔的類型，這就是悶騷啊各位童鞋，悶騷！

然後魔羯座除了沉悶以外，還有一個我很不好克服的問題：他們多數性能力很強，體力很好。

這完全不是誇獎，好頂個屁用啊，我只會手痠啊！

不介意只用手打但難打得要死，這就是魔羯。

我真的撬開過幾個魔羯老點的嘴。他們的性幻想森羅萬象，野戰啦、車震啦、變裝各式Play，跟他們喜歡的女人一樣，絢麗浮誇。然後面上半點不顯。

就算他們很喜歡，還是可以面癱地：「嗯。」

#02體驗八國聯軍

興趣很廣但都三分鐘熱度的我，不過兩週前還沉迷大眾占卜，最近又開始喜歡看些酷啊、金針菇啊、小貝之類*的旅居台灣的外國人的影片。

就著這份熱血我也想來寫寫我做過的各國客人差異……雖然用寫的總覺得跟人家Youtuber差很多，但至少不怕被黃標。

以我個人遇過最多次的國家排序。首先，最常遇到的外國人：

1. 香港男

基本上跟台灣男人沒什麼不同，不過我一直以為香港人一定都懂普通話，其實擅長的人不多耶，大部分只會聽，不太會講。

香港的男人都給我一種……人生輸家的感覺。聊到台灣他們都很開心，覺得台灣東西又好吃、妹又正、物價便宜、生活又很悠閒……可是再聊回香港都很厭世。幾乎所有的香港客人都說香港女生非常非常重視男友的收入，明明女生自己收入比男生高，但是卻要求男友必須更高收入，還喜歡跟閨密攀比生日禮物的奢華程度。我閨密生日收到名

*酷：來自法國的Youtuber，頻道名稱「酷的夢－Ku's dream」。

*金針菇：來自韓國的Youtuber，目前居住於台灣。頻道名稱「韓勾ㄟ金針菇 찐쩐꾸」。

*小貝：來自美國的Youtuber，目前居住於台灣的彰化女婿。頻道名稱「LoganDBeck 小貝」。

牌包，你怎麼樣也該在我生日來個歐洲自由行吧？……之類的。相較之下台灣男生多爽啊，至少還沒論及婚嫁以前都會有女友不計較他們有多渣、還是多廢。當然不是全部都不拜金啦，至少我感覺整體台灣女生比香港女生更不會那麼重視這個……

香港人喜歡台灣但好像很少做深度旅遊。有些香港人沒幾個月就來一次，可是真的問他們都來台灣哪裡玩，基本不離台北、九份、陽明山……最多好像就是去阿里山或墾丁。

香港客人認為台灣女生不只臉蛋好看，還普遍發育比較好。這個我其實滿驚訝的，我一直以為看香港女生和女明星的樣子，她們好像很崇尚骨感美，結果男生普遍是「胸奴」嗎？據說就算是胖妹也都沒奶……我一開始還沒很信，要不是眾口鑠金，我在台灣幾乎就沒見過胖又沒奶的妹。

喜歡台灣女生的說話聲音。這個好像除了台灣以外的中文語系國家都是。身為台灣土虱，我一直以為全世界講話都有腔調，只有天龍國沒有。

2. 日本男

聽說日本的半套店很貴：我不曉得實際怎麼計價……有聽說以十分鐘為一個單位？

十分鐘就要好幾千日圓？我不是很確定那些日本客人有沒有糊弄我，感覺不會那麼貴吧？而且我覺得日本半套店的女生看起來都好正。噢，當然我是指在漫畫和電視上看的。

到底多愛小籠包！只要問那些日本客人最喜歡台灣什麼食物，毫無意外百分之九十九都是小籠包，日旅團不知道收鼎泰豐多少錢。不過我覺得如果拿永和豆漿一籠六十塊的小籠包他們應該也吃得很開心。每次只要日本客人盛讚小籠包和珍奶，我都會默默地用憐憫的眼神注視他們。剩下那百分之一回答別的食物的，幾乎都是旅居台灣很久的日本人。

日本好像普通按摩也很貴。很難想像日本人平常幾乎不按摩耶！社會壓力這麼大的國家，按摩店居然沒有遍地開花，就連我這種三腳貓功夫他們都被按得很開心。日本的按摩師好像就像台灣的推拿師一樣，他們好像把按摩當作某種醫療行為……所以要考執照才能開店是嗎？

胸奴加一。不過沒有到香港人那種近乎就是執念，為了巨乳他們不惜點胖妹的程度。他們第二喜歡的就是長相可愛的小隻馬。日本妹子普遍胸也很小嗎？可是我看A片都很大啊？

日本客人也喜歡台妹的顏值。我做半套店超過五年後，才了解到台灣好像是全亞洲高顏率數一數二的地方。不是只有日本，東方國家的客人幾乎都這麼覺得。可是我就去過日本一次，覺得街上的妹子也都很好看啊？啊，他們好像覺得妝後的顏值不能算分。可是他們社會要求女性上街就是要化妝耶？

很快……可能是社會壓力高？日本客人普遍都滿……好取悅的。也是會有難搞的啦，差不多一兩成機率會遇到屁孩型客人，挑顏值又不好打。不過，從上手打起算的話，台灣男人「正常」來說是五到十分鐘，日本差不多三到五分鐘。

3. 韓國男

臉……真的，很韓國。意外的是其實給孩子存整型錢的父母不是那麼多嗎？還是他們其實有這筆錢，只是本人覺得要用在其他用途上？如果是這樣我真的很佩服。

木訥。韓國客人比起各國，好像真的不太擅長跟女生聊天。不過做後半段普遍滿粗魯的，應該真的很少跟女生相處，不然我真的不太遇得到清醒沒喝酒的客人，手勁跟酒醉客一樣大的。感覺他們對女生的認識也是……從A片？手勁大就算了，為什麼摸女生下面要搭上凶狠的表情？是不是跟韓國謎片風格有關呀？反正我腿真的要夾超緊，痛感才不會那麼強烈。不曉得會不會跟他們社會盛行大男人主義有關？

4. 中國男

這個地區來半套店的客人意外地很少，我半套生涯中就遇過兩個韓國客人，也只有遇過兩位大陸人。我猜是因為大陸的性產業太發達了。聽大陸人分享過大掃黃前的桑拿，特高級的那種，幾乎是一條龍服務：先讓你吃牛排、魚翅等等的Buffet吃到飽，然後洗澡；不是一個人在狹窄的淋浴拉門洗哦，是會有一個穿比基尼、整體條件中等的小姐幫洗殘廢澡。要全也可以，可是通常不太會，畢竟花大價錢來的體力要留在後頭。然後到下一個房間，會進來一個小模級的正妹，開始啪。啪完之後想必是真的累了，再來會有個大媽，真的很會按的那種，幫客人放鬆運動後的筋骨肌肉……聽說這種服務一次要兩萬人民幣，還是會員儲值卡制一次放十萬以上的。

不排除那個陸客唬爛我，但以那幾年炮兵團的全盛期，這可能真的沒誇張。相較那種關羽千里走單騎的戰法，台灣妹根本是張飛獨守長板橋。什麼都要自己來，自己幫按自己幫搖自己幫洗，沒法比啊！

那兩位陸客感覺就是來試試台灣妹有多高傲有多難玩的。而我很不幸地就是這麼高傲又難玩……是真的不太好搞，不過還好他們有心理準備，也就過去了。

然後不知道為什麼他們都推薦我與其在半套店上班不如去大陸賣奶茶？他們說台灣妹子去大陸賣奶茶很吃香的？為什麼是奶茶？

5. 新加坡男／馬來西亞男

這兩國好像沒什麼特別好說的，跟台灣男人沒什麼太大差別。我遇過一個馬來西亞客人很興奮地展現他在台灣買的皮衣和毛衣給我看，他說台灣好棒，有冬天，可以在身上穿好多東西又不會太冷，可惜帶回去穿不著。

然後我遇過一個新加坡客人，做到一半暴起，他似乎是滿認真地想硬上，結果被我一個肘擊倒回床上躺好……當時我心想，新加坡法律不是很嚴峻嗎？居然會想硬上？結果對方事後還給我兩百塊小費，感謝我沒讓他成為強姦犯。

6. 美國男

常常醉醺醺的。不曉得這是國情還是台灣的酒很好喝？我印象中的美國客人都是……酩酊大醉。酒品好像比台灣人好一點，不過常常也是半昏迷的。

喜歡誇獎妹子。這可能真的就是國情，雖然我幾乎沒有被外國的客人批評過。不過亞洲客人不太會誇一整節，美國客人會。而且他們整體上其實沒有外面形容的那樣……喜歡「神祕東方人」的臉（丹鳳眼、五官扁平的那種）。不過他們普遍真的不太欣賞小隻馬，比較喜歡歐美體型。我在台灣很常被打槍的厚片體型好像在美國很剛好？

體毛……真的很多。在舔客人奶頭時幾乎是臉埋在毛裡的概念……除了呼吸不太容易以外，噁感倒不太嚴重，我猜跟他們注重控制體味有關。

大長莖，但是……很軟。不曉得是不是太大的關係，海綿體無法充血完全，在升旗之後有點……果凍矽膠感？會ㄉㄨㄞㄉㄨㄞ的那種。我不太喜歡這種型的，打起來很費力、敏感點很難找、越大越不硬的ＧＧ就越不敏感，而且要射之前也不會繃緊，射的時候也……那就是用流的啊。總覺得打起來有某種不得勁。

所以我一直很懷疑台男批評台女是看上人家的尺寸才CCR*的說法，大而無用啊？哦，他們平常狀態更軟，幾乎連形狀都維持不了，看或摸起來就是……蚵仔。以膨脹率來說滿厲害的，可是包皮也很長，沒勃起的時候根本翻不完。

他們真的會叫耶：「嘶，Oh yes、come on babe～」的那種，很美式的叫床法。這對我來說很新鮮，因為亞洲客人幾乎都不會叫。不過，他們不是很喜歡用打的，對他們而

* Cross Cultural Romance，簡單來說就是所謂的「跨國戀情」。這裡也有指涉國際尺寸。

言，性不是0就是1，0.5（半套）讓他們普遍不太習慣。

7. 歐洲男

這個我可以寫得不多，其實我很少遇到……有遇過一個紅髮綠眸，長得還滿帥的法國客人，問我為什麼接吻時要移開視線……我就下意識啊……我其實不太喜歡親但可以忍，但我真的沒辦法深情對視……然後我發現其他的亞洲客人幾乎也一樣。所以我就被問過那麼一次。

噢，台灣妹子們，妳們不會喜歡法式熱吻的，除非妳們不介意下半張臉都被舔一圈。嗯，他也是醉醺醺的，他們應該真的很喜歡喝台灣的酒。

8. 印度男／巴基斯坦男

他們是真的很聰明。來幾次就曉得玩半套店的眉角，明明就長住在台灣，三天兩頭來看檯，卻裝作不會說中文、也聽不懂的樣子。不但很挑顏值，還要妹尺度大、硬上的也有……我一直覺得他們在忠實體現隨機強暴是印度的文化……反正他們給我的印象就是這麼差啦，還好他們也從來不點我的檯。

當然裝聽不懂中文什麼的那是我不幸被點到，所以才知道的，還好我也裝……沒裝，我真的聽不太懂印度腔的英文。

體味，不用說也知道……印度式狐臭。就是淡一點的狐臭味混上某種香水味……不建議在八分飽以上的狀態下離他們太近。不過他們腰上有繫一條黑繩子的裝飾很特別，裸身繫繩子再穿衣服，做壞事的時候也不拿下來，可能是某種護身符吧？

特別懺悔一下，那次我答應那個印度客腿夾的時候，真的完全忘記了上班前我有在大腿內側塗辣子瘦身霜……就算記得吧，誰會想到過那麼久還會辣啊？還好客人去哭訴的時候，櫃檯也對印度腔英文露出茫然的表情。從此以後，我就再也沒有被那位印度客選上過了。

我只遇過一次巴基斯坦男，他們真的會戴那個白色的、長長的頭巾耶。然後也不曉得巴基斯坦人什麼審美，還是我太沒有國際觀，他們說我長得很像義大利人。而那個體味應該是那幾個國家的標誌吧？噢，不過巴基斯坦人的香水味融合得比較自然，覺得還可以接受。應該是收入的差異？

最後我要強調一件事：以上各國，我都沒有收過小費。我還以為給小費是國際禮儀呢，嘖！不排除這些外國客在來之前已經被幹部當盤子敲爆了，一單開個三千什麼的。

以上各國客人見解皆出自我個人觀察，言論概不負責。

第6節

本宮不幹了

我不明白為什麼不靠美色賺錢了，但只要還是八大產業人士（即使做幹部），就不叫上岸。有的小姐改做直播主，賣的是情趣用品，而且是要「當場試用」的那種，她們就能叫「上岸」。

展場女郎、寫真模特、藝人、被包養的職業小三，她們也是靠美色賺錢吧，為什麼就沒人叫她們上岸呢？

哎呀～哪有這麼誇張啊。
哥過獎了。

#01上岸

我想這是八大人士一輩子都要面對的問題，在我決定當小姐的那一刻就已經有所覺悟，就算要遭受他人白眼，親友不能體諒。有些事，就是要付出些代價。

不過後來我發現我好像把事情看得太嚴重了，當我試著跟較熟悉的親友說自己在八大行業工作時，大家的言行都滿寬容的，絲毫不見半點緊繃或是鄙夷，大部分是同情和尷尬，然後說：「這也沒什麼大不了的，我認識的○○○也是八大的人啊。」

可能是這八年時間都這樣過來了，我從來沒想到最後反而是當上幹部助理後，才真正見識到什麼叫歧見。

在決定轉職成幹部助理的期間，我數次跟某個朋友發生了意見上的摩擦，她說：

「既然都決定要上岸了，為什麼不乾脆離開這個圈子？」

「妳明白嗎？就算不賣身了、就算不以色侍人，妳依然還是圈子的人，就不叫上岸。」

說這句話的朋友叫做杜鵑，想當然耳，對八大行業有諸多成見的杜鵑並不是業界人士。我是因為業外的興趣才認識她的，當時她還是個女大學生。

初識時我與她一直保持著僅限興趣的交流，誰也沒有提及關於工作或人生價值的話題。不過我覺得她是個非常熱情的人，她說下次來約吃飯都不是隨口說說的，是真的會來揪你出門的那種。

除了興趣以外，杜鵑跟我說的最多的就是關於她朋友的日常murmur，她覺得自己很倒楣，老是攤上一些不懂感恩的朋友，把她利用完就一腳踹了不說，還到處用一些莫須有的罪名黑她。

可能是年紀與人生階段的差異，我其實沒把她的話太放在心上，只覺得這種煩惱真是青春啊。朋友啊、誤會啊什麼的，工作之後，尤其是我們這樣的工作，根本就不怎麼有了呢。

不是說就不信任人了……好吧，也許有那麼點，但也就看得淡了。

認識久了以後，就發現了她常莫名被友盡*的原因之一：忽冷忽熱。杜鵑是典型射手性格，跟妳混熟了就開發新天地去了，不是不能理解小女生們面對這型人的心理落差感。

我初次感受到異樣，還是當我開始做幹部助理後，她說了這麼些話：「妳真的覺得

*友盡：網路用語。指友誼結束，走到盡頭。

當妳有難的時候，妳工作圈子的人，那些八大的人，會幫妳多少？我寧願妳去站櫃，當個櫃姐，多認識些貴婦，當妳有危難的時候，她們能幫妳的肯定比八大的人多。」

「怕能力不夠？那就慢慢做啊，哪怕去餐飲店打工呢。幹部助理四萬塊的月薪，出去混個幾年也能混到，總比待在這個圈子要好啊。」

「我這是擔心妳，我這是為妳好，妳明白的吧？」

「不信妳去問其他人，他們肯定也這麼想。」

我忘記是在哪裡看過一個心理研究，給白種美國公民一份關於種族歧視的問卷調查。在正常情況下，他們問卷會盡量地做到一視同仁，避免落人話柄；可是當他們在情急或很忙時，再給他們一份相同的問卷，下意識的答案會有所轉變，偏向有歧見的一方。

那時候我才恍然大悟，也許杜鵑就是這種狀況。

在我還是小姐的時候，她預設我有苦衷，我有壓力，我不得不為。所以盡量壓抑著那份覺得不妥的心理。但當我不再需要下海了，為什麼還要待在髒水裡和「不是好人」、「沒有出息」的同事相處？

失望倒是沒太失望，至少這證明她是有意識地在努力想把她心裡對我的那一碗水端平，哪怕本來就是斜的。

只是也不曉得是杜鵑家裡父母都是公務員，自己沒有真正出過社會，不曉得工作有多困難；還是她一直想打入醫療體系，就算考不上醫學院也要當醫生娘，站上社會中高階級的目標……

我覺得她沒深思過，隨隨便便、毫不負責地發言，對一個剛拾起白領、工作技能通通要重新培養、履歷也一片空白的人來說，一點建設性也沒有。

我一直沒有採納她的建議，因為我不明白為什麼不靠美色賺錢了，但只要還是八大產業人士，就不叫上岸。有的小姐改做直播主，賣的是情趣用品，而且是要「當場試用」的那種，她們就能叫上岸。

展場女郎、寫真模特、藝人、被包養的職業小三，她們也是靠美色賺錢吧，為什麼就沒人叫她們上岸呢？

如果八大行業的人真的會在我危難之際袖手旁觀，那他們根本沒有必要在得知我不做小姐之時介紹我一份月薪有四、五萬的工作，並願意從零開始培養我吧？

我不是非說八大都是好人或都是壞人，只是不能理解為什麼八大人不會幫助八大人，而非八大的貴婦就會去幫助區區一個櫃姐，岸上所謂的職場人際關係到底是什麼？

畢竟她是為我著想，再說她又不是我，無法體會我面對一般社會職場的焦慮，我跟她說我心裡的想法顯得沒有意義又傷感情。最後，我只能客氣地告訴她我考慮看看。

她冷下臉，撇撇嘴說：「隨便妳，自己不想努力，什麼都可以是藉口。八大的人，不意外。」

「……」我再一次告訴自己她是好意，無心冒犯，別多想。

我會去做一般職場，只是要等我適應現在這份工作。

我知道自己努不努力就好了，本來她也就無義務為我的人生負責。

#02幹部筆記

1. 掛電話

今天接到一通客人的電話，來電號碼未顯示：

客：（聲音沙啞講話很慢）「妳們那邊……妹妹多嗎？」

我：「現在林森館美眉最多哦。」

客：「那……有騷的嗎？」

我：「大哥是要找騷底的嗎？有個女神服務不錯，薔薇也是騷底服務好的，輕功很強……」

客：「那我可以……吸妹妹的腳趾嗎？」

我：「……蛤？」

客：「我要…呼呼…吸妹妹的腳趾…呼…舔她們的鮑魚，聽她們浪叫……」（莫名喘息聲）

我：「……」（蓋住電話看向上司）小聲問：「我現在掛客人電話的話會被罵嗎？」

上司：（劈手拿走我手裡的電話掛斷）「會！所以只能我掛！」

……＊#%@&！！

2. 瞎客

接到已經約好妹的客人的Line語音通話。

客：「喂，我到林森館附近了。」

我：「好哦，哥你到了嗎？到了我幫你通報……」

客：「等一下，我要領個錢，還要過個馬路，快到了。」

我：「……」（不知道為什麼這是很多客人通病，要領錢、要買飲料，都要跟幹部講，還有人連門牌單數號和雙數號不會連在同一側都搞不清楚，到底是怎麼活到這麼大的。）

客：「對了，妳的聲音滿好聽的，妳只有做幹部嗎？」

我：「是的，我們這邊只有負責幹部業務，沒有帶小姐當經紀哦。」

客：「不是，我是想問妳有沒有想出來兼差，我可以約妳吃飯嗎？」

我：「…王大哥……不好意思，我都跟工作吃飯。」

客：「我姓王，叫工作，所以妳什麼時候要跟我出來吃飯？」

我：「……呵呵。」

於是我學會了新技能，一邊把白眼翻到後腦勺，一邊維持甜美禮貌的客服音。

比起有指名不能賺，有瞎客卻不能嗆，更令我痛苦啊。

3. 恐怖秧秧

客人常常忘記自己只是嫖客。

說到這個，就不得不提一下秧秧這個小姐。

秧秧是一個很年輕的美眉，應該還是學生，可能書有念比較高的關係，客人說她的談吐氣質並不像一般八大的女人。

她有點小肉肉，豐滿但不胖，略有嬰兒肥，可愛的臉蛋，配上客評中的：女友Fu，跟她做愛的過程簡直就像跟自己女友一樣，很自然，而且她水很多，對挑逗的反應很好。

甚至還有客人反應因為太自然了，當下他並沒有先付錢，事後提及，秧秧竟然跟他說：「那沒關係，你之後有錢再給我就好。」

後來客人還是用手機轉帳匯給她了，並認真告訴她：「這種話千萬不要再對客人說，傻妹。」

這樣的秧秧，不乏客人追捧，沒多久就出現了其中之最。

他第一通電話打來，就讓自稱不善交際的我，聊了三十分鐘掛不掉，過程中他自爆他曾經因為秧秧抱怨上一個客人很粗魯，就追出店狠揍對方；然後因為其他幹部用秧秧的不實廣告招攬客人，他就動用自己的職場關係（某電視台攝影師），把該名幹部的資料、店址等通通給記者警察，叫那幹部發誓從此不再推秧秧，逼得秧秧不得不換店。而他與秧秧的關係，已經深入到能觸及對方的私生活，知道彼此的住址作息之類。

上司掛掉電話後立馬在他Line的ID上標註：『恐怖秧秧。』

自從認識了「恐怖秧秧」之後，我的煩躁感簡直倍數上升。

恐怖秧秧：「下週情人節，我要框秧秧全場。妳去發個公告，誰都不准跟我搶。」

我：「……好哦。」

白痴哦，框就框了你叫我去哪裡昭告天下，下週班表都還沒發，你志在必得個什麼勁，秧秧不見得就會來上班呢！

果然情人節秧秧請假。

恐怖秧秧各種晒他和秧秧的私聊截圖，內容不外乎就是他對秧秧噓寒問暖，當成女友在哄，而秧秧各種裝忙叫他不要吵。

然後說：「我們吵架了，我心情好糟，我該怎麼辦？妳現在馬上幫我介紹一個敢玩、尺度大的妹，我要發洩！」

我：「……」你是情竇初開國中少女嗎？男友在忙就擅自解讀吵架，尋死覓活耶。

大家都很忙，who Fucking cares你跟秧秧怎樣，不要以為我礙於職業道德不能已讀不回，就把這邊當愛情諮商室好嗎？

恐怖秧秧不是只有少女玻璃心，他會動員其他幹部、認識秧秧的經紀人，甚至動員其他的客人。

客：「秧秧今天在嗎？我要約～」

我：「秧秧今天加班哦，你要約幾點？」

客：「唉喲～這麼紅哦，我好怕～」

下秒恐怖秧秧就晒出我剛跟客人的對話，一來就開嗆：「秧秧不是該下班了嗎？為什麼現在還在店裡，店裡怎麼可以叫她加班，她會太累的，妳叫她下班！」

我：「……哥，我們是幹部，只針對客戶端。小姐要不要加班是她的意願，幹部管不著的。」我一邊打字，一邊把報馬仔的客人改名「恐怖秧秧二號」。

恐怖秧秧：「那她還剩多少空檔，我全買了。妳幫我查一下，不只今天，她明天沒有客撐的空檔我也都買了，我人不到都沒有關係，我可以匯款。」

我：「哥要不要乾脆框了呢？」

恐怖秧秧：「不，我只買她沒有客稱的空檔，她下班時間一到就叫她回家，我會去盯著她有沒有離開店裡回家休息。」

幹，你有本事就全框，搞什麼打腫臉充胖子。

我：「問題是，哥，今天的我沒辦法預知明天的秧秧什麼時候沒有客人……」

恐怖秧秧：「那就全買了吧！我也不想讓別的男人碰她。記住，叫她回家。」

我保持著專業素養，轉向恐怖秧秧二號問道：「你朋友要全框秧秧，你要不要跟他分一檯？」

我不知道秧秧把八小時的班改成十二小時，還有恐怖秧秧時不時秀截圖，表示秧秧說她燒到三十九度，可是她經濟壓力大不想請假之類的，跟這些框沒有關係。但若是以為恐怖快快就是個大款好搞的盤子，那可大錯特錯了。

恐怖秧秧除了全方位盯梢以外，還有很賤的一招：喊了框之後，在付錢之前，會用盡心機勸秧秧請假。只要妹請假，交易就會自動作廢。

後來因為恐怖秧秧沒有付框錢，我上司一氣之下跟店裡說：「就當沒有這事，以後他要買秧秧都要先付錢不要給他喊。秧秧要領錢就說沒有，因為客人沒付錢。」

經過這事，店裡曾經很正經地聯繫秧秧，問她要不要乾脆放棄這個客人。她猶豫答道：「可是他的確幫了我很多，我不希望就這樣打死這個客人。」

我表示理解，好歹也框了那麼幾天，在家躺著就可以賺整天的錢，萬把塊的收入，誰捨得打死。

倒數第三次聯繫，恐怖秧秧說：「如果我帶她離開八大，妳會不會恨我？我已經想好了，我給她介紹工作，然後先公證……」

隨便啦！你要有本事，別說離開八大，帶她離開人世我都不反對，到底關我屁事要恨個毛線：「不會啊，能上岸是好事。」

倒數第二次聯繫，恐怖秧秧說：「我跟她這次吵得很凶，她說她不只要上班，還要接S，妳幫我盯著她，不要讓她接客。」

我：「哥，這邊再跟您強調一次，我是幹部，是對客人的窗口，不是小姐的經紀人，她要怎麼做客人不歸我們管哦。」

恐怖秧秧：「好啊，那我要框，她明天的班我全要了，明天我就會去付錢。」

我：「好喲，那等你付清了錢再說喲。」

恐怖秧秧：「好，妳不讓我約她，那我轉單，台北市又不是只有妳這幹部，擺什麼架子！」

聞言我上司喜出望外：「那就請你轉單吧，謝謝哥。」

恐怖秧秧：「妳要放任讓她接S嗎？告訴妳，只要她出現在店裡，我馬上就叫記者警察包圍店裡，妳信不信！」

我上司表示：「你去跟你的新幹部說吧。」

後來秧秧在最近一連串的請假後，店家就把她的照片全部刪除了。

我上司看了還感慨萬千：「一個好妹就這麼被弄掉了，連捧紅都來不及。妳說，秧秧真的會上岸嗎？」

我夾著隱形的香菸，高深莫測地吸了口，吐了口氣：「不是我在說，就是當初我這樣處境艱難的基本妹，也覺得『做這行真太他媽輕鬆好賺』了，收穫與付出完全不成比例，何況是秧秧這樣有接加值的妹。再說，我看那些客評，秧秧自己需求量也是不小。」

「老實說，入了這行，能成功上岸永遠不再下海的，比成功減肥永遠不再復胖的機率低多了。」

可憐的恐怖秧秧，到現在還不知道秧秧本來就有接S，保護個鳥。

昨晚恐怖秧秧又Line了過來，說：「唉，我跟她鬧翻了，妳上次介紹的大尺敢玩的那個妹子今天在不在？」

我上司翻了個白眼，我冷笑著飛快打字：「在哦，她十點有空，約嗎？」

4. 曉以大義

跟客人相愛相殺一整晚，太氣了！忍不住寫這篇報復社會。

從上崗以來，我一直被耳提面命絕對不可以和客人翻臉發脾氣，也不能故意不回應，可是服務業的宿命就是與奧客鬥，還要其樂無窮。以前剛被下禁令時，我一直默默忍受著，最多使用碟仙式回答大法，潑客人冷水。但最近業績每況愈下，實在是潑不起客人冷水了，就算騙也要先把人騙進來再說。後來有人告訴我，不可以跟客人吵架，但是可以對客人「曉以大義」，我頓感醒醐灌頂，往奇怪的方向覺醒。

客機響起，我秒速接上，聲音自動掐細三度：「喂，您好～」

客：「喂，是我啦，阿妳有沒有幫我約××館的那個誰啊？」

我：「嗯？哪個誰呢？」

客：「就那個啊，我上次消費有看到，很漂亮小小隻的……名字，好像叫秋楓吧。」我：「哎呀，哥～秋楓休檔啦，不然這樣，您是今天要約的吧。××館今天陣容不錯，要不要去看看呢，搞不好還會看到喜歡的哦。」我用臉和肩膀夾住電話，繼續整理資料庫，看都沒看就胡謅一通。

客：「好，地址是？」

……掛斷電話後，我感慨：「我覺得我越來越油條了。」

上司：「真的，妳分明趕鴨子上架。秋楓本來今天就沒報班，什麼休檔。」

「爽啦！只要她今天不在就可以了。」

上司：「在的話呢？」

我立馬掐回電話嗓音：「啊哥，秋楓剛剛臨時加班，人剛到呢，您運氣真好，此時不約更待何時？」

「哈哈哈哈哈！還不是趕鴨子上架！」

5. 元宵節

這天，妹意外比過年還少，可能沒加成沒吸引力。

這時長安館來了兩個客人，現場卻只看上同一個妹，而且不接受等待。

長安行政：「還好妹的配合度很高，直接就答應3P了，哈哈哈哈哈！所以他們兩個同時做那個妹哦，算兩檯，跟姐姐回報一下。」

我：「……」（訊息量太大，三觀刷新中請稍候）

我還以為直男都不能接受嬲……

我聽客人說過，不想在打炮的同時見到另一個男的在打炮的表情，所以可以嫐不能嬲，這理由真的很直，所以我一直深以為然，也解釋了A片為什麼都沒有拍到男優的臉。

原來不是適用所有直男，還是這組客人不是很直？跟心儀的好兄弟３Ｐ？還是像女同志做得時候需要一個男的充作自慰棒的概念嗎？哇噻，這麼糾結哦～所以話說回來這妹接受度真的高，以後有客人要３Ｐ可以推……真的還會有嗎？（沉思）

6. 問不完的鬧鬧客

客：「今天有很推薦的嗎？我要輕功好的。」

我：「哥要約幾點的呢？」

客：「我還沒確定時間耶。」

我：「哥，你一個鐘頭前跟我聯絡，我幫你看哪邊美眉比較多，順便給你個推薦名單，這樣你比較有頭緒看要去哪間，感恩喔。」我直接複製照貼，大有沒明確要約不要跟我說話的架勢。

客：「……那十二點的話呢？」

我推薦了幾個妹給他：「這些都不錯哦，哥要哪一個？」

客：「我在想，她們我沒做過，不曉得有沒有雪梅強。」

我：「當然雪梅是最強的，她那種功夫畢竟不是滿大街都有，可是你不是做過了嗎？」

客：「我不介意有做過的。」

我：「約好了，十二點，雪梅，你到以下地址後賴我，謝謝。」

客：「等等，太快了吧！我還在考慮啊。」

我：「哥，您再怎麼考慮，其他美眉也不可能突然就長進一甲子功力超越雪梅吧？像那種紅牌妹自然是越快搶越好，可不只你喜歡她呀。我們幹部做事是很講效率的。」

客：「我知道，但是我還想考慮一下……」

我：「還要考慮什麼呢？有什麼疑問可以問我啊？還是我乾脆幫你取消，你可以想好再聯絡我，但就怕等您想好雪梅已經約滿了就是。」

客：「好吧……就雪梅。」

剛剛根本沒有幫客人進行預約的我，這時才轉向店家預約。

你敢講時間我就敢強姦你，而且不管你約還是不約通通都要閉嘴。

7. 關於客訴

客：「姐，不好意思，我可以換人嗎？」

我：「怎麼了嗎？」

客：「妳不是說春櫻送音樂，又高又瘦，很漂亮嗎？」

我：「是啊。」

客：「我覺得長相還好耶，而且太瘦了……跟我想像的不一樣。」

我：「哥，我說的是『在送音樂*的陣容中，春櫻是漂亮高瘦的。』，可沒有說她外型跟誰比都能贏啊。」

客：「那難道沒有真的很年輕漂亮送音樂的嗎？」

我：「哎呀，哥，你要那種又年輕又漂亮，身材服務又好的仙女，還會送您音樂的是嗎？我幫您看看哦~沒有。」秒答。

客：「也不用真的到仙女，我就是覺得她不是我的菜，想換人，之前都可以換

*送音樂，就是跟幹部預約的話會送吹。

的。」

我：「好哦，沒關係。照理說預約好是不能換的，但是我可以幫哥爭取一下，您等我一下哦～」

打給店家的我聲調陡降八度：「跟春櫻的客人說預約換人要罰半檯，要是他堅持要換，你們就堅持罰他錢。然後帶現場給他挑，記住帶比她醜又胖的。」

客：「欸，他們說換人要罰錢耶。」

我：「哥，的確是有這條店規的，但是我替您爭取換現場，您要是有喜歡的就不罰錢換人如何？」

客：「可是現場妹都很胖……」

我：「所以我沒騙你吧，人家春櫻已經夠漂亮了，您現場換可就不算預約了，妹妹可以不送音樂的。店家那邊我有幫您爭取，但他們真的很堅持要罰錢，說您預約後妹妹就一直在等您了，都沒有看檯，不能不罰。」

客：「妳不是說會幫我爭取？」

我：「對呀！所以我也努力過了。可是今天的狀況是您要高的瘦的，我們找給你了，至於要瘦到什麼程度才算正那真的見仁見智，就算是我們也不可能按您理想幫您捏一個嘛，要是是胖妹，我一定讓您免費換人不說二話的。」

客：「好吧……那就維持春櫻吧。」

我：「好哦，謝謝哥～」

哼，就說客人不能寵，臨時排換還換出習慣來了。

8. 對於三心二意的客人

客：「那安潔十點還有嗎？」

我：「下班了。」

客：「那莉娜……」

我：「滿了。」

客：「那裘莉……」

我：「剛剛約出去了。」

客：「……」

我：「哥，您要的是年輕漂亮服務好的優質紅牌，你覺得這種妹都會都在檯上等你整個下午嗎？我也都是從優質正妹開始推的，如果要從爛妹開始推，多久她都會空在那裡等你，這道理您懂吧？」

客：「那所以２２*沒有了嗎？」

我：「我不是貼了很多個嗎？都可以參考啊。芽芽２２可以約，這要等嗎？」

客：「可是我２２到不了。」

所以你剛剛說２２的是跟我問什麼意思的。

我：「那是幾點能到？」

客：「我還是想考慮一下。」

我：「晚安。」

客：「啊！姐妳不要放棄我啦！」

我：「好哦。」

客：「姐妳生氣了哦？」

我：「等你想好再跟我約。」

客：「我就怕她們沒有照片正啊。」

我：「你到以下地址，看喜歡再消費吧，不能保證你到正妹還有空就是了。」

客：「那要是不喜歡，還是她們被點走的話？」

＊22晚上十點。

我：「那只能說有的人就是沒有被紅牌妹做的福分囉，可惜啊，晚安。」

客：「姐……」

我：「我去忙一下，你確定要約再問我。」

客：「可是我真的……」

我：「不勉強。」

客：「我──」

我：「晚安。」

客：「──我去看就是了，可是萬一看了沒選會不會對ＭＭ（美眉）不好意思？」

「怎麼會呢，您肯看就是給ＭＭ一個機會啊，真不喜歡姐姐也不會勉強，姐姐是那種人嗎？」我一改冷淡句點的態度，熱情秒回。

是不會勉強，只是會叫他去下一間繼續挑而已。

不得不說，越愛說不要的客人越喜歡被強姦，男人的快樂就是這麼單純又樸實無華。

隨著我對工作的懷疑和倦怠，對待奧客就更加不耐煩了。但是仍然必須謹守上司給我畫的最終底線：不可以跟客人吵架。為此每天死命地踏在這條線的最後一釐米上，堅守著崗位和最後一絲禮儀，即使客人的語氣就是來找碴的。

9. 奧客

客：「現在有年輕大尺度的妹嗎？」

我：「薰衣可以，女大生，買一節送音樂，買兩節送體育*。」

客：「她不能買一節就送體育哦？」

我：「我是有聽說過類似的事，你可以跟她談談看啊？」

客：「談什麼？送體育？你幫我談？」

我深呼吸：「哥，我有你帥嗎？懶叫有你大隻嗎？你怎麼會覺得她會理我？」

客：「哈哈哈哈！你怎麼知道我人帥懶叫又大隻！」……幹，那不廢話嗎？我一女的你要比我小，那得多奈米！等等你是不是某部本土文學改編劇的粉？

這幹之呼吸再練下去，幹（部）柱*（理）真的會氣到長斑紋然後短壽。

10. 挑剔客

客：「有優的嗎？我想找顏值高的。」

* 送體育指送S。

* 涼圓也是動漫迷，幹柱的柱，她指的是鬼滅之刃的柱，正義的一方。

我立馬推一波。

客：「還有嗎？想多看一點。」

我推了第二波。

客：「還有嗎？還有嗎？」

我推第三波。

客：「就這樣？沒有了噢？」

幹之呼吸第一式，喋喋不休。

我：「哥，我們談談？」

客：「嗯？」

我：「你覺得我會把優的放在後面自己用，爛的推前面賣你嗎？」

客：「……」

我：「還是你覺得我會故意推個醜妹砸壞自己招牌？」

客：「……」

我：「漂亮服務好的妹很多人要搶，所以我都會第一個急著推。那些長相普、服務不優的板凳妹，坐多久都能等你考慮，這你懂吧？」

客：「……」

我：「所以我推第一波你就該選了，知道吧？要是不相信我，那哥就不會來問我了對吧？」

客：「……嗯。」

我：「很好，那我們再來一次。」

然後推照著同樣的名單推第一個就約了。

幹，是多挑！根本只是想浪費我生命。

幹之呼吸第二式：肆捌式。

客：「姐，妳怎麼推個石榴姐給我……」

我：「嗯？石榴不錯啊，她預約送口爆，服務很好耶。」

客：「可是她真的長得很石榴啊，還是胖版的！中了面目全非的那種！我比較喜歡秋香那一型的啦，還我漂亮妹。」

我：「秋香那型的就不可能送什麼口爆的呀，不是你自己說今天要找口爆妹的嗎？」

客：「難道就沒有漂亮點，又送口爆的妹子嗎……上次冬香也是送得很隨便才含兩下，服務不認真，技術也沒有，全程都在聊天。」

我：「484，那石榴說有送口爆，有沒有送？」

客：「有……她吹功真的很強。」

我：「484。」

客：「我爆射一波。」

我：「484。」

客：「互動也不輸冬香，其實。」

我：「484。」

客：「但我還是喜歡漂亮點的，就算聊天也好。」

我：「48……喂！那就不要提口爆這麼高要求的啦，直接跟我說顏值系！尺度派服務系的都是石榴那個水準啦！」

客：「好啦，我知道姐的意思啦，妳就是想說一分錢一分貨嘛。」

我：「484。」

地方的幹柱希望不要再有更多式了，不然可能會成為少數不是被鬼戰死的柱。

#03十個客人常見的自以為

1. 以為半套店的MM都會接加值，而且我們的報價已含加值費。

這個我覺得滿不可思議的，這通常發生在沒有來八大玩過的小男生身上。可是照理說，來這種未知的地方不是都會做點功課嗎？不怕被仙人跳嗎？居然連半套店／全套店、玩法、明配／暗配，什麼都分不清楚就來了。

當然不乏有職業客就是來挑戰MM的極限，因為很多報基本的MM私底下其實都有接。不過那也就意味著她們比一般暗配的妹還要挑客，你長得不帥、想S又不想付錢的客人，好好練練你的嘴皮子吧，女人畢竟是聽覺的動物，年輕妹又不知事，你可以在有限的時間內說服她跟你做免錢的，那也是憑本事啊。

話說回來，有這本事何愁交不到女友？不排除人家就想玩玩不負責就是了。

相對的，不是MM寫明配*就一定會接S不用問。除非你事先已經嗆明你就是來打炮，來看檯的妹也知道。她們還是有拒絕的權利，而且那不一定是你的問題，有可能人家今天已經接五六七個，有可能她今天紅字、發炎、狀況不好，有可能客人她真的就不OK……你就是入珠三顆可能都還有妹會接，但萬一人客懶叫上明晃晃地開菜花，再給

* 明配指可以接受S（全套）且不挑客人。

三層套子也是要拒絕的吧！

然後暗配不等於乾淨，不要再跟我拗跟暗配妹無套不會得病。你就說說自己面對健診的時候心不心虛、怕不怕就好。

2. 以為半套店都是黑道等著剝皮。

遇過幾個新客，少數啦，幾乎每天來問，但就是不來消費。本來以為他是怕妹給假照，約好又不能換。但叫他去現場看又死不肯……還有好不容易叫到店家門口，結果行政出來接他還直接躲起來！哥，你這是還要不要消費啊？

咳，當然也是常聽說把客人約來洗劫財物，然後來一班非善類仙人跳部隊，強押人簽本票之類的……不過那通常是私約、個工、套房才有的危險。以店家來說，我們才怕新客人不曉得是什麼牛鬼蛇神，一言不合就報警吧。

3. 以為照片都是本人照。

就連老司機也常常有看照片約妹的惡習。俗話說得好，盡信照不如無照。懂攝影就曉得，光看那些亮到不行連妹本人都在發光的照片，都該知道修過吧；不懂攝影懂行情的，看一下它那要麼飯店、要麼泳池的背景，也該知道吧；完全都不懂的，就是看那眉眼也該知道這種妹不可能只要兩千四，還送音樂、毒龍口爆、三光＊陪洗吧！

最最誇張的，是有些妹子美麗的假照與普通的本人照放在一起，人客還是硬要相信本人是漂亮的那張。不要再拔獅子的鬃毛了，不，等等，如果這樣妹就能變成你想像中的那樣那你就去拔吧。我寧願你相信獅子鬃毛好過相信照片。

PS.現在假照幾乎成為風氣，也不能怪幹部欺騙消費者，畢竟照片是店家提供，不用就沒得看。然而正妹拍的本人照卻常常不比假照來得有吸引力，又容易被熟人發現。再說就算是本人照也是可以修的，真的不要想得太美好。

4. 因為她們是出來賣的，所以高顏值正妹予取予求，而且免費。

這到底是什麼理想國度，不如兩千四給你，你帶帶我。

我覺得身為客人要有一點自覺，外在條件與服務尺度就像一座翹翹板，檯錢是那個中心點。正常來說，越是條件素質好、年輕貌美的妹子，服務流程和技術就越弱。對於那些年輕又有尺度的妹，花兩千四就能玩到真的是要感恩戴德。

很久以前某間店曾經出過一個女神級超級正妹，不過尺度非常非常小，小到我客人

＊三光指全脫。

點到她，她一進門就先說：「你想要什麼服務？我都沒有哦。」最後聽說兩邊互相討價還價以後，那個妹只是全身脫光，站在包廂裡讓客人看與摸了一整節……結果客人交出來的客評只有：她屁股很圓很翹、奶是經典的水滴奶大小剛好又夠挺、真的是神他媽正皮膚超白、超水嫩，全身找不到一絲缺點……之類的，對於服務隻字未提。純手工應該還是可以，但因為不可能有任何技術可言，我那老司機客直接放棄。所以年輕正妹送S到底有沒有可能呢？

有！但這就是各種看臉看人品了，跟你玩手遊能不能抽到SSR一樣，沒有天天出貨的。再不然就是很物理地看臉……你長得太寒磣、不會把妹又掏不出錢，要怎麼期待年輕正妹一視同仁地給你殺必死？尤其有的還一副花錢就是大爺的姿態，要知道，身為正妹，人家平常待遇也是比照公主哪，可沒有老妹那種好脾氣。

至於那種主打予取予求的妹子……照片你就當作參考吧。那照出來就是給你看字的，後面那個不是妹，只是插畫。

再補充一個……字也只是參考用，體重正負五到十公斤、極端身高也可以有五到十公分的誤差，罩杯差個兩三個CUP也有可能。

5. 關於技術。

「姐，那個妹長相是不錯啦，可是她既不會按摩也不會輕功，手技又差。按沒兩下就直接上來素股，一副想我快出來把我送走的樣子，我真的覺得很沒Fu。」

「……哥，你還記得你跟我約的是年輕妹、十八歲的那種？現在她就要手技一流，輕功強，她可能十三歲就要開始打。」

「……」

是不是聽起來很地獄，真的不是每個愛玩少女背後都有個懂調教的鬼父。這時候還會有客人來跟我硬拗，說什麼現在有那麼多國中女生就有性經驗的，不是就趕上十三歲了嗎？可是你們仔細想想，通常這種妹玩的對象也差不多十三到十八的小屁孩，正是最不想打手槍的年紀。他們有可能知道什麼叫調教？有把尿道跟陰道搞清楚都算不錯了吧。

我也是聽客人跟我說的，某個號稱大尺年輕妹，入行前男友、炮友無數，卻從沒有聽過何謂前戲，都是脫褲子直上，我一臉震驚。

「什麼！沒有前戲？從第一次到現在？那要怎麼插？插進去不是痛死？」

客：「我也不知道……但真的不怎麼舒服吧，看得出來她也不是喜歡，只是不排斥而已。」

曾幾何時，做愛一定要有前戲也變成阿姨我的自以為是……我真的以為只要不是強姦，最最起碼也要有兩坨KY潤滑劑吧？

也別要求她會按摩，她搞不好連水腫都沒有，自己小腿都沒捏過兩下。事實上她還主動送素股，我已經感動得熱淚盈眶了。

6. 店家和經紀沒有義務教妹技術面。

這就是5的延伸了，有的客人抱怨MM不懂的同時，也會怪罪店家、經紀，甚至怪我們沒把她教好。我真的覺得這可能是八大行業太氾濫了，才給了客人我們有像一般企業一樣，給MM做「職前訓練」義務的錯覺。

店家妹都是如此，如果妹本身只是PT，條件可能也不算優，有的兼職經紀更是直接丟在店裡自生自滅，她有上檯就當作撿到、沒有也不痛不癢；站店家立場，這妹也不曉得過了今天有沒有明天，明天報班也不代表會常駐、常駐也不是店家的妹，他們有什麼義務要照顧別人家的妹子，給她們訓練功夫？頂多告訴她臨檢要怎麼辦而已。

曾經有店試著讓蘭姐實地教導MM打手槍操作，那個躺上去被圍觀的男經紀人造成了一輩子的心理陰影，不過我聽說他瘦歸瘦懶叫很大。我猜這種一根永流傳就是很多跟八大圈子熟的男性不敢吃窩邊草的原因。

因為沒有統一教程，這也就是為什麼同樣是按摩打手槍，每個妹慣用的方式不同、做起來的感覺也不一樣。說真的到最後這還變成約妹的樂趣了，所以可以再衍生一題。

7. 不要再問A妹有沒有B妹優、C妹有沒有比D妹正。

有的客人做到一個他心目中最優的妹子，就會要求幹部以後都介紹這樣的給他，並把後來約的妹通通跟他的女神做比較。然後一邊嫌她們無法超越人家……

所以青菜有蘿蔔好吃嗎？如果有，那你吃蘿蔔也可以，為什麼非得吃青菜？所以王×凌有蔡×林正嗎？如果沒有，那王×凌沒有存在價值了嘛？她怎麼還不退出演藝圈——的概念真的不行。（以上發言完全虛構，如有雷同純屬巧合。）

就算能耐到給你找兩個複製人，都不會是同樣個性，你這麼愛妞妞就去約妞妞不好嗎？人家也沒上岸，你硬是想找個妞妞加強版2.0、3.0是何必呢？當然我支持你多約幾個備胎，免得妞妞沒來或上岸。但是首先你要懂得接受她們不是妞妞這個事實ＯＫ？

我也是常常在茫茫網海裡找新的文章啊，就算魔×祖師難以超越，也可以接受其他屬性啊，年下養成美強ＡＢＯ*，多肉、清水不都各有美感嗎？

8. 半套店是八大行業，不是合法營利團體，所以不受消基會保護、請不要拿我們跟一般服務業去比較。

「為什麼妹可以用假照？」、「為什麼妹不會按摩輕功、為什麼不教？」、「為什麼約了妹子她卻可以臨時請假不來」、「為什麼不能用三倍券？」、「為什麼要戴口罩？」、「為什麼要管制手機？」、「為什麼要被行政驗身分看證件和手機？」、「為什麼居家隔離不能叫外送？」……

哥哥們，你們還記得自己去的這個是聲色場所嗎？回客都不曉得哪天就成線民了，客人都不驗，就算你自己沒問題，但你怎麼保證你隔壁的不是便衣？這種出事沒有政府保護的店，自我防護做再多都不嫌撐著，相較之下，你跟我談消費者權益？……我只能跟你說：「我盡量，但不能保證。」

9. 也是最重要的一點：幹部不會通靈。

首先，我不知道你什麼喜好，給我點邏輯。

* 美強：耽美BL作品中「美攻強受」的模式。

* ABO：耽美BL作品中的世界觀設定。指除了男女之外的性別設定，分為Alpha（社會地位高、生理能力強，多為攻）、Beta（社會地位與生理能力中等，生育能力普通）與Omega（大多社會地位低、生理能力弱，多為受且男女皆可懷孕）。

「姐，現在有沒有優的。」
「哥幾點，要什麼型？」
「隨便，優的就好。」
「……」我覺得，一碗優的冬粉湯首先冬粉不能太軟，要帶勁不硬。冬粉一定要細的，湯頭要濃厚，配料一定要有金針菇，比例最好與冬粉是一比一，可以小辣但不能太辣。不知道在座的各位同意嗎？
你倒是把你優的定義寫出來啊！最最起碼你總要有個關鍵字吧，好歹我還說了冬粉湯，問你要吃什麼，你跟我說隨便好吃就好，你是女友*嗎！
後來我列幾個覺得ＯＫ的：「這幾個都不錯哦，而且現在可以約。」
客：「所以現在沒有優的了嗎？」
我不曉得別的幹部是怎樣，但我超不喜歡反式發言的，我寧願你說：「還有嗎？」也不要問我：「沒了嗎？」尤其是在我推了一堆之後。好啊，我真的找了一堆好吃的你有本事就給我都吃下去啊，那你直接說沒好吃的了嗎？到底是幾個意思！
「都很優啊，哥有理想的型可以現在跟我說啊。」
「××館的蒼蘭有嗎？聽說很優。」

*嘲諷「女友」，就是女友問什麼，對方回答都是「隨便！」、「不要！」

「有啊，02*可約。」

「太晚了。為什麼要等這麼久？」

「因為她是優妹，優妹是大家都想約的，很難隨要隨有哦。」

「那有沒有別的，要跟蒼蘭一樣的。」

跟她一模一樣的就是××館的蒼蘭哦。「是有幾個類似的，哥可以參考一下這幾位。」

「看了照片沒Fu，下次吧。」

「……」Fu你痲痺，你當選塔羅牌呢。

10.幹部沒有見過所有的妹。

當你拿著一張假照問我那個妹長得怎樣、服務好嗎，我只會拿起電話把同樣的問題再問一次店家，最後能給你的無非就是一個籠統的形容詞。年輕豔麗、可愛漂亮、氣質清新、小肉、微肉、胖妞……

要知道八大行業每天來去的妹的速率，大概只比外匯操作的市場數字慢一點。更不要說A妹換張照片、名字、換店家就變成B妹的事，比國人罹癌率還高。

＊02指凌晨兩點。

而我們不可能第一時間全知全能什麼都知道，也不可能把所有妹都記住，更加不可能用我們的推測就幫你Match到對的妹，絕對沒有百發百中！

基本上你就算問我某個妹幾歲，我也都是掰個大概，所以我們也不可能知道哪個妹屁股上有橘皮、哪個妹有狐臭腳臭、哪個妹奶頭粉不粉紅！

再來，除非那個幹部身兼那個妹子的經紀，不然妹都不歸幹部管：「風信真的是個很可愛很單純的女孩，我去國外出差的期間，她就拜託姐姐妳照顧了。我會多給妳錢，一定不要讓她做到壞客人。」

……哥，你託孤呢？人家風信父母俱在經紀在管，輪不到我說話吧。

「拜託了，我只信任妳。」

聽我說話啊喂！

「為什麼含羞不來上班了？是不是家裡出了什麼事？她什麼時候會再回來？」

……哥，你當妹是冰箱裡的剩菜，想到了拿出來熱熱就有得吃？就算是吧，剩菜要壞要丟我都攔不著了，還能逼著人家妹子幾時下海上岸不成？

「鳳仙真的很優嗎，為什麼沒有客評？有沒有聽過不用付錢直幹的？有我就約。」

幹什麼，別人約了怎樣沒有必要跟幹部報備，就算別人免錢也不見得你就可以好嗎？

「貴點也沒關係，有沒有配合素質更好的店？」

哥是說仙界嗎？我也曉得那裡都是仙女，可是我還沒準備要成仙。哥要先上去看看的話我是不反對的。

「為什麼她服務時間少做了十分鐘？」

為什麼你知道卻不問她，要來問我？

「為什麼寫暗配妹子卻不肯接我加值？」

因為你就被打槍了，一定要我說這麼明白嗎？我想當個好人吶……

「剛剛現場有個長頭髮、高高瘦瘦很漂亮的正妹，幫我問問她叫什麼。」

哥，你人不就在現場嗎？為什麼不問呢？

「請問有詳細一點的特徵嗎？」

「哦，我看到她的時候，她正挽著客人手臂走出來送客。」

「……」

#04十個身為妹的自以為

如果妳是我們這行的妹子，或是想進我們這行當小姐，甚至妳可能在酒店、私人俱樂部之類的地方：

1. 不要以為自己真的可以做純手工／陪玩／陪聊。

雖然我曾是做純手工上來的，但就因為我是，而且當了幹部，我更加意識到自己當初想得太天真了。我雖然守住了，但是其實到後期，可以很明顯感覺到店家和幹部是放棄我的狀態，沒有「可開發性」，幹部基本上不會想推薦我；外加也是很久的妹了，沒有新鮮感，就算外加配備，也不過就是肉羹上的香菜罷了。雖然可以憑外型看現場客，但是到退休的前一年內，基本上一晚上看上五檯會有三檯因為配備不夠被排換。

我曾預言過，以後整個八大行業將會M型化，要麼就是外型好、條件優，甚至可能書讀很多很有氣質，高單價、尺度……不一定的質感妹；再不然就是外型普通、送音樂、送口爆……平價呷粗飽的路線。

但是不管是高檔法國菜、還是平價自助餐，身為一道菜的宿命就是要被吃下肚的。現在真沒幾個客人來要求按摩服務，他們期待的是妹子要熱情、要殷勤……要打炮。

再說，就是因為已經當了幹部，我才知道其實像我這種很硬的基本妹，真的從來沒有破例過的，大概只占百分之一都不到。就連我自己，都不認為在八大守身會是明智的選擇。

至少我不太會推這麼硬的基本妹給客人，至少要會三光、素股、LG*陪洗之類的吧。我是會啦，但我自己都不很推，哈哈哈！

*LG指喇舌。

2. 不要以為客人永遠站在妳這邊。

這是不久前才發生的事，我一進辦公室就聽到上司在念店家：「這有什麼好懷疑的，她們就是被客訴啊！聊得很開心？客人跟我說就是因為MM什麼都不會，只好一直聊天！又不會按、又沒服務又沒配合度，不聊天他們大眼瞪小眼啊？三個新妹通通被客訴，只會聊天有什麼用啊？」

當然我不認為她們沒有規定要多少上空和手工，但我知道體驗服務好與不好的感受真的是天差地遠。

只要是做小姐，一定都會遇過一種狀況：妳跟客人在包廂互動得很好，妳以為做得很好了，結果客人笑著出門後拿起電話馬上客訴，那個原因有可能只是因為他洗完澡出來妳沒有即時遞上毛巾。

一種米養百樣人，客人就是這種東西。妳覺得聖誕夜、情人節這種去死團最活躍的時候，店裡就是門可羅雀；而妳認為今天妝容精緻衣著火辣的時候，客人可能正在跟幹部傳訊說看到一個濃妝豔抹、穿著破抹布的老妹。

恕我直言，台灣那些會跑半套店的死直男，是不會懂得欣賞美甲或衣服的啦。在他們眼中看見的東西叫做「風格」，女人，粗分只有好看／不好看；細分可能豔麗型、清純型、可愛型……如果妳條件夠好能駕馭各種風格，那妳可以都試試。不一定要穿情趣睡衣或小禮服，什麼風格都可以試一下，總是會有個風格上得好，就算那不是妳喜歡的Style……那個COS承太郎之類的先不要。（荒木飛呂彥的漫畫《JoJo的奇妙冒險》第三部主角及衍生作品的登場角色「空條承太郎」）

3. 不要覺得自己在包廂裡做的壞事沒有人知道。

不管願不願意，幹部就是一種成天接收八卦的職位。包括哪個紅牌趁客人沖澡時順走皮夾裡的錢、包括哪個基本妹私下偷接加值開價六千、哪個妹狐臭嚴重連下面都有、哪個妹的奶是假的、哪個妹在外面有欠賭債……之類的，當然這些八卦其中也不乏客人們的。但是，妹子們，真正與妳們有利害關係的還是店家與幹部。

身為妹多少有點特權，若妳要避開店家與幹部的耳目使點小壞之前，請三思，請一定要預設這句話和這件事傳出去妳有什麼下場。思量後，都還是安全的才能去做。一次、兩次可能不知道、三次……夜路走多了，總有一天會遇到鬼。

4. 不要以為自己能在海岸線邊來去自如。

這大概是這個行業最大的陷阱之一，要我說，做八大跟吸毒其實沒什麼兩樣。曾經妳可能是為了想讓家人過更好的日子、可能想出國留學，或是可能想創業才來八大當小姐。

我們挑最理想的情況探討：也許靠這筆錢，妳周轉過來了，但只要日後有任何的經濟困難，妳就又會想回來了。

這行業的毒就是這樣，妳不會忘記那種帳面數字輕易往上跳動的喜悅感。理想的狀況都是如此，那不理想的狀況呢？那還用問，更要做到爆啊。

也有可能，妳上了幾年岸後又回來。或許新冠肺炎讓半套圈吹起一股懷舊風啊，那些我們本來篤信不會回來的妹子，也是摸摸鼻子和現在十八、九歲的小姑娘競爭。

那麼許多妹子就當這份工作是提款機，沒錢了立刻報班領個三、五千又能逍遙一個禮拜的心態……我只能說，青春和新鮮感都是有限的……

5. 不要以為八大行業不算是一份「真正的工作」。

可以自己報班、可以遲到、可以早退、可以翹班、可以領現，可以鑽各種規定上的漏洞。不要以為只要妳有上空、手工、時間做足，服務超隨便、態度超差，客人與店家、幹部都不能拿妳怎樣之類的。

八大行業的超高自由度，常給人一種錯覺，「這又不是一份『真正的工作』，以後我做一般公司行號的職業再認真就行了。」、「累積好的客評幹嘛？我又沒有要在這行久待。」

我就想問問，一個規定如此鬆散的營利體系妳都遵守不了工作規範，上岸後怎麼指望妳能做所謂「一般公司行號」的工作？

千萬不要高估自己的彈性，由奢入儉難。不管這間餐廳的菜有多好吃，老闆上菜時動作粗魯、湯汁濺出來，這樣會讓妳不高興，那麼就該明白「不敬業」跟妳的尺度外型沒有任何關係，出現就是扣分。

更甚者，如果妳真的待在八大行業，我希望妳可以下點功夫研究服務流程、學習衣品穿搭；也許減肥，如果妳夠瘦了，去做點運動練練線條；做點保養，甚至可以有點小針美容……這不是浪費，這是投資自己。

這是八大行業的小姐非常強大的優勢：妳會有足夠的金錢讓自己變美，卻也不怕沒有時間運動，做點業外的興趣豐富自己，這叫做「職業進修」。對一個年輕女人來說，還有比這更爽的事嗎？

我不是很能理解上班好幾年卻越來越胖、越來越老的小姐，還有沒有心要在這行混下去。林志玲都四十多了，時間只堆累了她的智慧與優雅，與之相比，做到的人也不只她一個。她們證明了凍齡、逆齡不是不可能，那麼我們跟她們差在哪裡，為什麼做不到？不要跟我說收入，日常保養做好的話，小資美容的效果差不上醫美哪去。

身處八大行業，美貌是必備的，可是真正提高她們身價的是氣質。所以我認為就算當小姐，也要發展一下自己的內涵，這些都算進修。

6. 不要以為自己能紅一輩子。

每個妹都會有一段蜜月期，也有可能是N段。但實際在這行久做，規律報班、天天滿檯的小姐……鳳毛麟角。每天把班塞滿，會讓每個妹出現錯覺：自己日進斗金，而且可以持續紅下去。

我只想說，月初我見到一個新妹，漂亮有氣質、服務和配合度也不錯。第一個禮拜還當鎖檯妹不給其他幹部約；第二個禮拜就可以直接跟店長喊班；第三個禮拜就有空檔可以大家分，這會兒才月底，分完還有剩班呢。

在這個賣屁股比當年賣蛋塔還氾濫的年代，妹子們的蜜月期正在急遽地縮短。偏偏很多妹還不曉得外面的競爭多麼慘烈，端著高姿態質問店家和幹部為什麼沒有把班排滿：「我以前都是每天滿檯，這間店要不是生意太差、就是幹部太不給力了吧！」

幹部：「呵呵，就不給妳客人妳能怎麼樣？」

妹：「那就不要上了啊，那麼爛的店家和幹部，還待著幹嘛。」

幹部：「……呵呵。」

7. 不要以為換店可以改變什麼。

綜上所述，當一個幹部摸清妳的底，知道客人問起妳要怎麼形容的時候，基本上妳就已經定型了，這不是妳換張照片換個名字換間店就能改變的。

比如涼圓講話就機掰，基本上只要還在這個區做半套店，真的不會因為換了名字叫湯圓還粉圓，還是換店，講話就不機掰；相同的，如果妳接受度很高，連做幾個客人都可摳、可挖、可親、可這樣那樣，那麼妳可能就要有覺悟以後會來找妳的都要摳、要挖、要親、要這樣那樣。

我不是很理解為什麼會有妹到處跑店，非得要周遊列國一大圈才會明白檯數不好、客人難搞，不是風水問題，是她自己的問題；有很多小姐還深信不跑兩間以上的店，檯數就會不理想。

我以前聽這理論就很好奇，比如妳星期一三五在A店上、二四六在B店上，結果就這麼剛好，一三五A店生意很爛、二四六B店很爛，妳打算怪誰？

我絕對沒有因為每天看那幾個妹換店，配合著更新資料很累，所以特地想抱怨。

8. 不要相信、也不要懷疑別人，寧願相信自己，就算妳沒有人家聰明。

我覺得這是身在八大一個很重要的立身處世的道理。就是因為這是一個龍蛇混雜的地方，什麼人都有，掌握住每個人的方法，就是不要試圖掌握。不要硬去攀談、不要見了人就馬上分類這人之於我有用沒用、他好不好……越是聰明的人，學市儈是越容易的，但聰明反被聰明誤。

八大行業聰明敏銳的人數不勝數，帶著目的與想法接近別人可是很容易被發現的，只是沒什麼人會講。這世上沒有絕對的好人與壞人，只是他們的好是不是給妳而已。他們對妳好、妳就受著；他們對妳不好，妳就防著。

想要什麼東西，用實力拿，不要用心機拿；自己拿，不要叫別人給。這可能也是八大行業待久的壞習慣，我們在職涯上選擇了一條類似捷徑的道路，做事求速成、賭博不算期望值而是去依賴明牌、投資股票不去學習看K線而是看內線。因為八大行業非常重視人脈的連結，而很多時候建立人脈的確在一些事情上能開方便之門：比如當年我換經紀的事、比如現在這個幹部助理的位置。

就連我上司都承認生意不好時，有客人來她會優先推薦有來晨昏定省、毛遂自薦的店家，因為這樣還省了她去群組上一間間比較的功夫。

就是因為習慣了用人力去解決，所以大家也常常忘記，人，往往也是最不可靠的。我不是第一個在八大行業存了錢，想到可以投資運用的。但是有的人輕信了「內線」、「明牌」……或者塔位之類的東西，短短幾年把積蓄揮霍光，最後身無分文。當韶華老去，還得去做小吃部、豆乾厝、阿公店，比當年做小姐的境遇還困難的情節很多。

八大行業是個無論你是個什麼樣的人，大家都可以心平氣和地與你交談，他們貼心起來世上最暖的男人也比不上。而且不管實際上他們收入優渥與否，通常他們不會吝於花些錢去維護人際關係，不需要因為這是八大行業，所以被示好的時候處處懷疑別人的真誠；但也不要為此去全盤信任他們，也許他們真的有內線、真的好心報明牌，然後辦砸了；又也許他們就是設局給妳跳，誰知道呢？反正錢就是沒了。

說到底為什麼不自己去學習規劃上岸生涯，不就是怕辛苦嘛？妳去學了，學藝不精輸掉了，都比交給人家無聲無息地弄不見來得爽吧。

9. 不要以為什麼好處都能一把抓。

不得不承認這個地方是比一般社會公平許多的聰明人的舞台。闖出一片天的人，不靠學歷、不用證照、不一定有什麼家世背景、機會與金錢，美貌、追捧、高收入……給了很多人很強的優越感。人都是貪心的，也許是為了地位，不再滿足於當一個任人擺布的小姐；也許是一種規劃，最重要是為了錢、為了短時間內創造最高的斜槓——常常呢，會有人動歪腦筋或會有人勸你動歪腦筋：「不要給店家抽啊，我下次自己聯絡妳，這樣錢不就都是妳拿？」、「妳工作的地方那麼多正妹，與其自己做得要死要活，只要有她們的支持，等於是她們替妳賺錢，當個幹部，別人進班都有妳的分成。」、「洗妹？怎麼會呢？妳只不過是跟她們聊一下妳在我這裡是什麼待遇，她們想來是她們的事啊。」、「唉，戴套做S好沒Fu哦，我很乾淨的啦，這次不要戴套嘛，以後我都點妳，再給妳加一千塊小費。」

人們對看起來無傷大雅的小惡、唾手可得的蠅頭小利，總是毫無抵抗力。這有點引申到第3點。妳做的壞事不是不被知道，只是人家發作的時機還沒到。就算人們不發作，也終有老天爺發作的時候。

上司曾經以一個前輩的身分告訴我：「我以前剛出社會，在公司上班的時候，常常會去質疑某件事的做法和流程，然後用一個自己認為最快的辦法去處理。結果做出來的東西不但錯了，還立馬被我的上司拆穿我是用什麼方法處理的。」

「他說：『這份工作妳才做幾天，但我已經做了十幾年了。如果真的有什麼更快、更直接的辦法，我會比妳慢想到嗎？』」

這番話我記住了很久，我覺得這解釋了為什麼那麼多人像曾經的水仙那樣，身兼數職，當小姐又當幹部又當經紀的，卻沒有成功創造斜槓人生；又為什麼現在大多數業績好的都是業幹店*、真正做大的幹部是純幹部、大經紀是純經紀。也許會有人組一個團隊

*配合業績幹部的店，店家自己不找客人，完全外包給幹部。

分幹部或經紀等部門啦，但這不算。

不是妳該拿的，就不要拿，甚至不要肖想。不管那是錢、人、或任何東西。

如果手伸得長就可以抓得多，在妳面前早就有很多人成功斜槓了，撐破天際的那種。

10. 不要以為做八大就是抄捷徑。

啊~多麼痛的領悟~經歷了前九項，才終於修練到第十重，本來以為八大行業的最後，就是斜槓人生的開始。但當我參照著前面那麼多的失敗案例，小心翼翼地賺了錢、存了錢、花了錢去減重、去提升自己、去學習投資，吧啦吧啦……然後坐在辦公室裡發現，其實我的人生沒比其他人抄到多少捷徑。

有些事情妳就是必須按部就班地做，為了斜槓，就必須按部就班地上班賺錢、按部就班地存錢、按部就班地學習、按部就班地投資……同時還要當個按部就班的上班族。

我在八大唯一拿得出手的東西叫問心無愧，沒有槓龜就不錯了還斜槓。

真的要多培養一點興趣，不要成為一個除了賺錢什麼都沒興趣、什麼都不了解，利益至上的人。很多人在錢這關卡了一輩子，賺錢賺到忘記為什麼當初想賺錢。應該沒有人是為了死的時候，讓金銀珠寶陪葬吧？

最後一句還是要來個認真的：不要忘記妳進八大的目標，但，可以更改。

PS.不要不把行政當人看。很多妹條件比人好、預約比人多，跩上了，對店裡的行政頤指氣使、呼來喝去。我見過有妹當著客人的面痛罵行政，只是因為沒包廂，她被行政帶到大廳看檯，而她覺得大廳燈光不好會看不上，明明事先交代過的。罵完就算了，回休息室還高分貝跟我們控訴自己多委屈，根本沒人問她。

當她被店長怒吼：「妳他媽不爽做麥做！現在就可以給我滾！」她非但尖叫回嗆還打電話給經紀哭訴，說她才是公司的搖錢樹，她不信這間店敢為了一個打雜的放掉她。然後還沒到下班，她就去和店長賠不是。

然後就再也沒見過她。

先說，沒錯，行政是打雜的，是店小二。但小姐，只是道菜。哪怕妳是大紅牌，一間飯店不會因為少一道大菜就沒法營運，但沒跑堂的，基本開不了。妳說一間店會不會為個打雜的下掉妳？莫忘風水輪流轉，哪天妳沒開檯幹部又不挺的時候，可就是這些打雜的幫妳拚開班了。

#05十個身為幹部的自以為是

這個大概就很少有人知道了，再次跟各位看客科普一下，幹部是專門仲介店家與客人的（B2C），仲介小姐與店家的叫做經紀（B2B）。不過經紀我不熟，專職經紀人的工作我也沒接觸過幾個，所以這邊只會寫點我自己做幹部的自以為。

1. 幹部比客人了解妹？沒有，不會。

別人我不知道，但我們對妹其實是活在自己的想像裡。我上司第一次見到我時，她的第一句話是：「妳根本沒有客人說得那麼胖啊。」

後來相處久了，有天聊天時我自爆，以前做客人也可以接受三光、素股、ＬＧ陪洗等，就是只有Ｓ跟吹沒有。

她又嚇了一跳：「什麼妳不是說妳很基本嗎？」

我：「沒有吹跟Ｓ是很基本啊，而且有些項目其實我不喜歡，或是有必要才會用，比如打不出來才會送陪洗之類的。」

上司：「……我以前都跟客人說妳什麼都不行，只是很會按摩而已耶。」

我：「……噗。」

不得不說，什麼都沒有只會按摩，怎麼可能在這行混上個七、八年。不過，也不怪她，我當小姐的時候也不知道只差沒有S和吹，算是高配合度，我一直以為我尺度很小。

就因為我做小姐後又當了幹部，看以前認識的同事們也不一樣了，那些我一直覺得人不錯的同事，在幹部眼裡常常不是這麼回事。有些在休息室很冷漠安靜的同事，如果不是上司跟我說，我完全不曉得她毒癮犯的時候，可以在包廂裡，客人面前就地小解。

2. 做幹部一定分得出誰用假照與本人照。

呃，假照橫行的年代，基本上我們看妹照就像民俗學家看靈異照片一樣——姐看得不是圖，而是能量。能不能推，完全靠通靈。

照片多漂亮、多模糊都無所謂，首先我們看得是資料，比如：涼圓165／52／E，哎呦？看起來頗有可為，奶大不胖的樣子。粉圓170／60／C，妖壽，大隻的，還沒奶，希望她尺度不錯。湯圓155／43／B，這應該年輕的吧？小隻馬，要是顏值可愛就可以推。

身高減體重等於110算標準體型，110到100算小肉肉，小於100就是胖妹。

當然這都是很偏頗的判斷，不過三圍和配備決定了我會把這個妹推給怎樣的客人。服務也是，通常我看到一個新妹，首先想了解她的服務時，我只能問店家。所以第一次推的妹，完全是靠客人反饋決定我以後還會不會推。

當然，那數字可以浮報，大概要加減十左右。但是，這樣有二十的誤差值已經夠把范冰冰變白冰冰了。不過後來我發現不管是白冰冰、范冰冰、還是李冰冰，最後她們都還是可以走出自己的路，只是一開始我們得用摸的。

最近因為有多請一個新助理，我們終於有空跟店家來個視訊，看一下現場的妹——我多希望沒有去看。看完以後真的是懷疑人生，不知道要怎麼推妹。

3. 做幹部會被店家催著要客人，是會啦。

但以前我以為幹部被追著要客人是這樣的：

店家：「喂涼圓，沒生意啦，客人咧？在幹嘛啊，沒生意是不是妳打混啊？」

我：「對不起，我會努力嗚嗚嗚……」

實際上幹部被追著要客人的姿勢是這樣的。

店家：「姐姐妳是不是忘記我們了？鼻要醬，求客人、求鳥、求雞雞、求投餵嚶嚶嚶……」

我：「啊～我也是很想有客人給你們，但是我沒有啊。好啦好啦，晚點聊。」

4. 做幹部就可以看穿各種謊言。

我真的覺得這條可能是所有人，包括店家、小姐、客人間的所有共通誤會。在我當妹的時候也是會顧忌幹部那邊的評價，所以打擊報復都是偷偷來的。但是在看到一個我慣常當蘿莉美少女推的十九歲妹子，本人長得像女版館長後，我覺得就可以放棄思考了。這真的不是我的錯啊，誰會想到店家發假照宣傳就算了，給了我一張很漂亮的照片還硬說是本人照！

5. 這個客人跟我很久了，我很了解他。

甘安捏？在八大做事門檻很低，哪怕你根本不去了解店家與小姐，遇到客人就直接帶去看現場也是可行的。現在的幹部都快比客人多了，那麼客人有什麼理由非得跟著固定幹部不可？

客人就是一個這樣的東西：「妳的服務很好，人也不錯，但我想試試別人，也許比妳更強也不一定。放心，真的找不到的話，我還是會回來找妳的。」

就算是完全固定不換幹部，熟識的客人也可能會因為私心喜歡某個妹，所以不願意告訴妳她有多優，免得妳一推，他反而約不了；反過來也有可能妹其實不差，但可能這個客人拗不到尺度，見笑轉生氣所以跟幹部告狀黑妹。

私約啦、來問我們妹的資訊，去現場卻報其他幹部的名字也有，但我個人覺得最噁心的是用幹部的名字去壓妹，明裡暗裡地要求妹子送尺度。

我以前也遇過客人硬要我的個人聯繫，我說公司有規定不可以給，結果客人大罵說：「我跟××幹部有多熟妳知道嗎（我上司的名字）？妳不給我Line、惹我不高興，明天妳就不用來上班了妳懂嗎？」

我：「是是是~我怕死了，不然這樣吧，讓姐姐來要，姐一句話我別說我的Line帳號，我家祖墳在哪都能告訴哥啊！來~涼圓出班送客囉~」後來我聽上司說這個客人在她面前非常有禮貌、而且不挑妹，出來各種誇獎說她推得好，是個性很好的客人。

當然啦，那時我已經是很老鳥的妹，也沒有尺度可拗，所以對方只是要Line也沒有成功。

但有的客人卻是：「跟妳約妹我都很乖，萬一妹說妳的客人都不好做，豈不是給妳削面子？」

我：「哎呀~哪有這麼誇張啊，哥過獎了。」

客：「不過妹都會聽到幹部是妳就特別賣力，上次還有妹本來打不出來，本來想算了，結果一聽到妳的名字，大喊了一聲『不行，我不能讓姐姐失望！』然後就自己騎上來了。」

我：「……」保持尷尬而不失禮貌的微笑，我就想問問，你打不出來為什麼妹會聽到我（上司）的名字？呵呵。

6. 客人想約到好妹，小姐與店家也想賺錢，會賣力討好幹部，所以幹部的地位是很強勢的。

我必須說，不是每個幹部都受到所有店家尊重的。不論你是大小幹部，店家應該都會盡量地不得罪，但是不得罪有不得罪的排擠法。有些店家的卡約群可以多到四、五個，甚至也看過有些我以為是鎖檯妹的隔日預約被店家誤放，才知道她不是鎖檯，而是只開放給幾個限定幹部在約。

小姐就更不要說了，會想討好幹部的基本上都是有中長期混下去的打算，對於那些很年輕，覺得自己就是短兼，客人就算只約一次沒也下次，反正我以後就不會再來了，也不用糾結客評的問題。所以幹部名氣再大，終究也不是免死金牌。

更不要說有些幹部雖然規模大、客人多，但是名聲臭。

7. 當幹部可以認識很多正妹，賺很多錢。

有很多腦筋動得快的人會想：如果我做幹部同時又當經紀，把我的客人介紹給我自己的小姐，那麼客人的這一份錢裡面，我就占了兩部分，斜槓還不容易？

按道理說這邏輯是通的，但是球員兼裁判，那就是踢球同時還得計分？我的社交圈也不廣，但我是真的沒認識誰身兼幹部與經紀還能把事業做大的，當然團體除外。

8. 妹與店家都有基本的待客素質／懂得遊戲規則。

我真的很驚訝這個會寫上來，但我寫了。絕大部分的幹部應該都會跟客人說明這行業的玩法，我覺得這就是在教育客人；而我以前當妹的時候，雖然講得很簡單，但也是有做一點職前講解……所以我從來沒想過會接到客訴說妹不知道她自己來幹嘛的，全程沒有按摩哪怕一下，光顧著聊天，甚至要不是客人提醒她，還不知道自己要打手槍，還有直接聊到時間結束的。

打電話去質問店家，店家說：「姐，她新妹，她說她不曉得要按摩、要做後半段。」

「蛤？你認真？所以她來上班你們沒有跟妹說她來幹嘛的？」

「有、有啊，我們講得很清楚，可能她忘記了，姐姐她是新人所以不是很熟服務流程……」

「蛤啊？新妹？我已經看她連上三天班了，這三天都幾檯過去了，連按摩後半段都要記得才會做？這妹是有領殘障手冊，還是你覺得我可以去領殘障手冊才這樣跟我說？」

沒有經過客人同意就省略固定的服務步驟，我真的覺得很帶種。剛店家跟我說這新妹很敢玩，我才推給客人……我沒想過這妹太敢玩了，姐姐我要先受不住了。

9. 好妹會永遠維持她的外型、服務水準與人氣。

永遠都會有小姐，但沒有永遠的紅牌。我覺得這是很多小姐一個大的誤區，覺得我有條件、有服務，明天的檯數想必也會像今天一樣滿。

然後就忘記要維持身材、加強保養、精進技術……甚至，沒去學習上岸後必備的技能。幾年前的紅牌們紛紛回鍋，雖然上岸失敗滿可憐的，但以幹部的立場我們很興奮，當年這些紅牌可是一約難求的。她們一上岸多少客人哀鴻遍野，見我們一次就念一次。

是的，她們是紅牌，當年的。

用下海形容八大行業真的滿貼切，身為前浪，被後浪推死在沙灘上是必然。加上這行業在不變之中其實是瞬息萬變的，一個紅牌的壽命不停地在減短，短則數個月、半年，長則一年，兩年以上的妹，幹部根本連精選的欄位都不給留了，就是個充數的。

不是說這妹不優，可是客人想看新的。事實上，也是有很多新妹，各種刷下限的。

以一個老妹的立場來說，就算妳願意放下身段跟新妹拚下限，但是首先光資歷年紀就先輸一半了，何況大多紅牌之所以紅，就是因為她們不會輕易地放下身段，把服務弄得太廉價……但是有些，一年胖個十公斤真的母湯。

10. 涼圓的心得都是對的。

我絕對不會說這個是湊數的！最好全世界都相信我是對的！

就如前面提到，幹部規模有大有小，有的就是做興趣的，根本斜槓不了，只有親友單。這樣的規模去看幹部這行，看到得一定是截然不同的生態系，所以面臨的問題也不會這麼多。也有提到幹部／經紀雙修的狀況，他們的思考層面與操作一定也跟涼圓這邊不一樣，甚至有的幹部理念和我們也不同，比如我們習慣妹被客訴的時候，第一反應是問清楚客人與妹的說法，但我就曾經加班做客人到早上七點，隔天一來就被幹部罵時間沒做足，是連問罪都沒直接定罪的那種。

#06論酒店與半套店的不同

通常我不會特別去糾正，會把我們這行講成酒店的基本上對八大都不懂裝懂，但其實也沒有興趣去了解，我是很懶得去一個個講白，這種人不想聽的機率也很高。

不得不說雖然我們半套店，美其名是男士護膚，小姐的職稱是美容師，工作內容是紓壓按摩兼……咳，重點排毒。但包括我在內，沒有人會否認這行跟酒店比較接近。

不過都說隔行如隔山吶，一樣是文字工作者也不是誰都寫得出散文與詩歌。

我自己上過酒店和護膚就覺得差很多啦……我還想過，如果兩邊的工作這麼相似，為什麼酒店還有那麼多妹要去呢，護膚明明好賺多了。

回想起我在護膚之前，其實最先接觸的是酒店。我在那上了三個月，對那邊的印象就是規矩多、客人瘋，老闆行政都機掰。

遲到一分鐘罰五十元、沒去髮妝店弄妝髮扣一千、不依規定著細高跟鞋扣三千、請假要自買全場、下檯不補口紅罰五百、沒擦指甲油罰六百、兩點以前就喝醉扣兩千、開會不到扣六千……就算很小心地都不犯錯好了，每週制服費兩千、清洗費六百、狗牌三百、置物櫃五百，還沒算上每天上班的髮妝費、清潔費、交通餐飲費用。

這不叫性剝削？什麼叫性剝削啊？我都懷疑酒店的收入不是來自客單，而是來自坑妹了。

如果妳不是手腕高超一天有五個框的紅牌妹，真心做不起啊。首先一天都還沒收入就先噴四百五十的髮妝錢出去了，真的不能怪酒店妹對金錢觀麻木。

再說說我在酒店時的經歷，年輕時我身材肉肉的，在酒店上班站壁比坐檯多。沒錯，就是站壁，我們穿著高跟鞋，連休息室也沒有，就站在廊上，提著小包包，裡面有補妝和工作用的客機，隨時要移動到各個包廂去看檯。

一天百餘個小姐往來，酒店採軍事化管理，請了態度冰冷的行政趕狗……我是說，牧羊一樣的指揮我們穿梭在各個包廂。除非是被客人點到，不然整晚都很難有機會坐下來。就算有空檔，也是帶我們去空包廂稍事休息。

為了教小姐規矩和跳舞，酒店還請了凶巴巴的媽媽桑，一一檢查我們的服裝儀容，稍有不慎就是劈頭蓋臉的一頓罵外加扣錢。估計這些媽媽桑以前也是公關小姐出身的，她們會教我們秀舞、方塊舞、恰恰之類的。

「好，現在貼在客人身上，用妳們的腳背在客人雙腿之間，推蛋蛋……喂！那邊的，笑什麼笑！旁邊的！妳離妳客人太遠了，要貼著妳懂不懂！喂妳！妳胸下那截是腰還是水桶啊？粗還不會扭嗎？那個妳！叫妳給客人推蛋蛋，妳蹲成這樣是要拉屎嗎？扭腰扭屁股會不會啊！」

透過媽媽桑們我了解到，就算是八大行業的女人，演起《報告班長》也是毫不遜色的。

那時八大最好的光景，酒店裡一晚上就有上百個小姐，可想而知我一個小胖妹是多難上檯了。就算上了，難喝的威士忌、秀舞的時候要脫給整個包廂的人看、被猥瑣的客人舔咬胸部，甚至客人發酒瘋三個大男人坐我身上淋酒，我都忍了。可是那個時候，只坐酒桌的小姐是賺不了錢的。

那個時期，除了商務客的酒桌以外，更盛行的是兄弟桌、K桌、藥桌，想當然耳那樣的客人要的妹都要會陪吞陪搖。不過相對的，兄弟桌和藥桌的客人手腳規矩多了，也許也沒有太規矩，不過那時大家也都ＮＯ掉了，誰知道誰呢？

「妳不要那麼死腦筋，不吃藥也可以坐藥桌啊。」比我資深的小姐喜不自勝地說著。

「我也不吃藥啊，但我很會做菸，妳多練練做Ｋ菸的技巧，多做幾支順的，客人抽著抽著一晚上就過了，多輕鬆。而且還可以趁他們ㄎㄧㄤ掉的時候把桌上的藥都收起來，假吞啊，假裝ＮＯ掉啊，剩下的那些藥還可以再賣一筆呢！」

年紀尚幼、初出茅廬的我簡直懵了，那種東西我碰都不敢碰一下，那小姐年紀看起來跟我差不多，卻能有如此風騷地操作？

「可是，我連假喝酒都會被客人抓包……抽得順又是什麼意思啊……不就是菸嗎……」

那小姐翻了個白眼，不再搭理我。

不過在我之前，那個小姐就下檔了，好像是順手牽羊偷了哪個大哥的手機被追究了，那客人報了警，還揚言要告小姐，店家怕被波及，急忙就把人給下掉了。

然後我不得不說，開會這個東西真的是酒店特有的，我從沒聽過半套店會強制小姐開什麼會議的。說是開會，其實也就是老闆發表一下幹部們的業績排名，哪個幹部又貢獻了幾百萬的業績、哪個小姐又賺了幾十萬的大框……我們這些雜魚，就只是去負責襯托和拍手而已。

「然後妳們這些醜八怪給我檢討啊，為什麼沒有框？涼圓，上次客人要框妳，妳還給我拒絕，我在旁邊都看到了，妳起來說一下妳是怎樣？不想賺？」老闆的大嗓門直接點名我，真虧他這震山撼海的怒吼中也能聽見我的回答。

「什麼？妳說妳是處女？幹拎娘咧鑵頭來這裡幹嘛？妳真的當作我們是缺人喝酒？恁爸也不想被人家說逼良為娼啦，明天開始妳就不用來了！」

也不知道是我那間特別鐵血，還是十多年前酒店就是這麼臭跩，反正我是除了一肚子氣和委屈沒賺到啥。

可是半套店就不同了，服儀寬鬆、髮妝可自理、遲到早退請假失聯自便，來的客人不喝酒，多數也不喜歡上酒店，one by one的環境，脫也只有一個人看，而且客人完全在我的控制之中，不用擔心討好了這個、得罪了那個。

客人沒喝酒、手工就變簡單了，而且只要打出來了，客人一進入賢者時間*就不會被上下其手，速戰速決是最好的。

* 賢者時間是指男性在性事之後的那個時間段，學術名為「性交後憂鬱」或「男性不應期」。

甚至，我小偷個時間，只做四十分鐘一樣能賺一千。酒店那種報五天班、喝足兩小時才賺一千八的怎麼比呀？

「酒店還有麼多小姐會去上，一定是因為像我之前一樣，不知道還有按摩這樣的好地方吧，可憐吶。」在遇到酒店過來的小姐以前我都是這麼想的。

適逢掃毒、酒店大抄，那陣子台北市警察和緝毒犬都快多過街上的客人了，被抓走的客人和小姐多到得出動大巴來載。許多小姐逃命般的來到半套店，卻又適應不良。

「雖然我以前是待在手工制服店沒錯，可是整天下來我還不見得會打得到一隻。客人都說很尷尬不要。就算要打，我也可以蹺腳抱胸，護得好好的隨便打。哪像現在，每個客人都要打就算了，還要什麼輕功什麼服務的……說真的，我還寧可回去喝酒。」

她們的那一段話我到現在都還記得，我還來不及覺得不可思議，另一個酒店妹就說了：「是啊，這裡的客人都跟我說要互動，啊，可是我不是一直在聊天了嗎？要是沒有酒我真的嗨不起來。以前一個搖桌可以坐一整晚，現在這種一個一個接的客人，不知道要做到幾時才有那個錢哦，按得我累死了，還被嫌不會輕功，我哪知道那是什麼東西呀？而且半套店的客人都好小氣，打出來了，拍拍屁股就走，根本洗不到框也要不到小費。窮逼還出來嫖，哼！」

店家跟幹部也議論紛紛：「酒店被抄有新妹流入是很好啦，但是好歹也控管一下，怎麼什麼毒蟲妹都放進來啊？客人最近都在抱怨花錢做到一個ＮＯ掉的，叫她也沒反應，突然就大哭大叫……要嚇死誰啊？」

「以後那幾個酒店妹都要搜包包，要是搜到什麼違禁品就立刻把她們攆回去！這裡可不是酒店，萬一臨檢被警察看到什麼，別說黃河，跳黑海都洗不清了！」

經紀人也紛紛叮囑自家的小姐：「少跟那些酒店妹往來。」

我不解：「為什麼？她們人不壞啊，而且很會說話。要是我也能學會她們那一套說動客人框我出去十個八個鐘的，不是就賺翻了嗎？」

梟哥不耐地揮揮手：「學屁！妳要是那個料還會在這邊混？反正妳少跟她們混，她們吸沒吸毒妳都看不出來，就看得出來她們人壞不壞？碰毒的沒一個好人啦。」

「……」連帶被鄙視了智商的我抹了一把臉上的唾沫星子。大佬，不准妹去洗男人、不准妹碰毒，你真的是混黑做皮肉生意的嗎？

我發現大佬誠不我欺已經是後來的事了。跟她們混也沒怎麼樣，無非就是發覺會玩藥吸毒的人，多數都把人與人之間的關係看得很輕。她們會熱情主動地揪妳去玩、逛夜市，然後在妳到了定點等了兩個小時後說我突然不想逛了，吃了藥好累，妳自己去玩吧之類的，我想說服自己她們是有事都無法。

我對酒店文化和嗑藥真的不了解，但是回想起接觸過那些有藥癮的人，也許真的不是什麼壞人，但他們的情緒變化之快和衍生人格之多，五十個格雷加上二十四個比利都望塵莫及。

梟哥說得沒錯，我真的不是應付那類人的料。

最後我終於意識到自己果然還是太天真了。不是酒店不好混也不是半套特好混，是我們混得姿勢不對啊！叫我裝ＮＯ裝呑裝戀愛，臣妾辦不到啊！臣妾只想當半套店計件制工廠女工，一隻一千塊的那種。打完快滾，別磨磨嘰嘰的，能一個鐘打完收工為什麼要買兩個鐘親親抱抱，多煎熬。

酒店妹和半套妹的腦迴路方向本身就不一樣啊，真的沒辦法相提並論的。

加之八大行業還有各種階級和種族歧視，禮服小姐看不起制服的、制服店的看不起手工店的、手工店看不起喇叭店的、喇叭店看不起炮店的、炮店的看不起越南店的、越南店……沒事，她們還有小吃部跟流鶯可以欺負。

反正很快我就沒有再見過她們了。文壇名言，「生命總會找到自己的出路」，我是，她們也一樣。

給自己一點被人討厭的勇氣，好嗎？

我並沒有想過有朝一日這段回憶的現世會讓這群人再度團結起來，想要弄倒我，不管是事業上還是法律上、或者精神上，足見他們有多怨憤。

曾經是爽朗熱情的姐妹們，炮火開起來也是毫不留情。我一直很欣賞她們的直率，雖然本來就不怎麼相熟，但她們的指責和聲討依然令我感到愧疚與失落。總覺得自己打壞了多年來不溫不火的關係，神來一筆，最後Bad ending。

像這種時候，我多希望自己是個夠壞的人，說出一段故事，並對其中擔任反派與丑角的人毫無愧色。

可惜，在她們眼中，我大概就只是夠婊而已。

想到這裡，我突然覺得無法忍耐。就算只是亡羊補牢也好，我希望自己能夠記得海棠、水仙、蓮兒……哪怕是無用功，起碼她們沒有白來世間一遭，我會記得她們。

可是在八大，像海棠這樣的人何其多，連我自己都只是滄海一粟，搞不好明天我也說沒就沒了。這裡是銷金窟、是溫柔鄉，小姐客人前仆後繼，誰會關心妳怎麼消失、去了哪裡？

於是我生出了寫點什麼的衝動。

只要能把這些寫下來，哪怕以後我也走了，至少有人會替我們記得。不是只記得我們在包廂與客人有多少歡愉、不是只有小姐，我想替我記得的那些人，都留一點紀錄。哪怕一點點也好，百年之後，還是能有一點痕跡證明我們活過。不管我們活得出不出采，但至少不是一個Nothing。

這樣的一份衝動，在遇上曉嫚之後，有了《性感槍手》這部小說，是我始料未及的。不過人嘛，總是貪心的，小說裡沒寫完的事，我想把它補完，我也想讓它不再是虛構的小說，它終究必須是真實的，才能夠深植人的內心。哪怕現在看文的你們，和我們處在完全不一樣的世界，也可以知道我們曾經怎麼活過。

我沒辦法為我們、為她們做到更多，只能這樣。

＊＊＊

我已經辭掉幹部的工作（完全上岸），朋友杜鵑問我以後要做什麼。

「我想幫助人，也許出書、也許倡議……做什麼都好。畢竟我也是落難的時候有別人伸出援手才上來的，我希望可以消除八大行業與一般人的隔閡。」

「蛤？妳就只是想賺錢吧？那妳要就去學G排妹啊、還是誰啊，她們也是消費性愛議題才走紅的，妳可以去參考成功的案例——」

「……抱歉，妳在說什麼？那完全就不是我想做的。我為什麼要寫書去介紹一些估狗就可以找到的術語，還是寫書講半套店在幹嘛這種常識？」

「那妳幹嘛寫書消費八大行業？不就想紅嘛？我明白啊，紅才有錢賺嘛。」杜鵑可能想故作輕鬆，所以說這話的時候嘴角還帶著笑。

但我真的不是那種被人面帶譏笑地戴帽子還能覺得輕鬆的人，尤其那人還是我的朋友。

「三百六十五行妳都可以做，妳偏偏挑八大，那妳不就是不想吃苦從起薪開始，這樣的人生有什麼好驕傲的？」

「……」我深吸一口氣，努力壓下情緒。聽到這裡已經很明顯了，她就是在挑毛病。

「是，我就不想吃苦，怎麼了？人在八大不用努力？既然都是努力，我想多賺點有什麼不對？還是妳就這麼樂見我吃苦？」

在這句話之前，我都可以開脫杜鵑只是不理解，單純發問。但她講到這裡還得裝就太為難我了。

誰還能沒幾個缺點？誰個性沒有陰暗面？誰不想獨善其身？誰能像神那樣只有光明，只能完美？

我悟了，搞半天，法律只是歧視的遮羞布？他們從來都說：「我沒有歧視八大／同性戀，但它們不合法，法律都不同意的東西我要怎麼同意？」

就是討厭××、看不起××、對××有偏見，竟然這麼難以承認？

曾經我也想過要如何才能夠說服所有人「八大行業沒有不好，就如同岸上行業也沒有多高貴」而不得其解。

誠然八大常常有人吸毒、有人逃家、有很多社會大眾認為的藏汙納垢，但一般工作都會有瀆職的說法了，貴賤難道在職業而非人心？

就像杜鵑說的，我連她都無法說服，要怎麼說服政商大佬、芸芸眾生？正當我為此焦慮不已時，冷不防聽見大眾占卜的解牌道：

「為什麼事事都要有一個標準答案？除了宇宙法則以外，誰有權規定某個人說的一定是對的？法律也是人訂出來的，人無完人，訂出來的東西也就不盡完美。如果連法律都會有漏洞，又何況每個人的思想？很多事情，妳可以是對的，我也可以是對的。即使我們的答案背道而馳。」

……是啊，什麼時候開始，我與她的辯論成了爭勝負？妳辯不出來，那就要臣服於我的理念。為此我們甚至互相攻擊與本來的議題無關的痛處。

我又為什麼要去跟所有人強調職業無貴賤？那是既成之事實，人家承不承認、我強調與否，它就會變得比較有真實感？

「即使我不同意妳的意見，妳也可以是對的。」那才是我理想中的尊重友善包容，也許我不該用朋友的身分對杜鵑懷有勒索般的希冀與失望，她試著坐下來聽過了，只是沒接受而已。

＊＊＊

我想告訴這樣的杜鵑，和所有心懷歧見的人們，不用為自己的不完美感到焦慮。妳並不會因為歧視些什麼，就被定義成壞人；我也不會因為政治正確，就得道升天——如果妳欣賞某個人，但又討厭對方的某些特質，比如職業、性向，但妳肯去了解，就算依然不能接受，至少妳試過了。

那若妳真的很在意對方的某項特質，甚至認為這項特質已經侵蝕到他本來讓妳欣賞的地方，比如從事八大所以不思進取。真心建議勇敢的友盡拉黑，甭管他實際上是不是如妳所想。以八大人低調的秉性，既不會追究，以後還會識相地避著妳走。

虛與委蛇地表達政治正確不會造福別人的時候，至少不用對不起自己吧。

腳踩地頭頂天，生而為人，卻得活成個神，不累嗎？

給自己一點被人討厭的勇氣，好嗎？妳真的不會因為懷抱歧視就失去什麼……嗯，除了我。

Because we are not for everyone.

最後，我想給那些和我一樣的女生一些心得和建議：

生命沒有捷徑，只有過程。那些該妳的課題，一個也跑不掉。

但也因為它只有過程，結果都是死的話，那麼妳活在世上唯一能決定的，只是選擇能不能快樂而已。

沒有好與壞，只有妳樂不樂意。

以及，我想將這本書，獻給那些所有幫助過我的人。

手槍女王：一個從業職人的真情告白 / 涼圓作. -- 初版. -- 臺北市：大辣出版股份有限公司出版：大塊文化出版股份有限公司發行, 2021.07　面；15X21公分. -- (Sex；39)ISBN 978-986-06478-2-2(平裝)　863.57　　110009292

HANDJOB
QUEEN

HANDJOB
QUEEN